JN092526

殿下、お探しの精霊の愛し子はそこの妹ではありません！

～ひっそり生きてきましたが、今日も王子と精霊に溺愛されています！～

ティーヤ＆ヴァン
アリスティアを愛する
精霊たちのうち二人。
ちょっぴり過激なお仕置きを好む。
ジーフリート・
エブゲニア・ウィストン
ウィストン王国の王太子で『精霊の
愛し子』を捜している。
とある事件に巻き込まれてアリス
ティアに出会うが……
アリスティア・
ステファドール
家族から虐げられて生きて
きたが、精霊たちに愛されて
いるのでへっちゃら。

グリーグ・バレェン
隣国、フルスターリ王国からの使者。
アリスティアが精霊の愛し子
だと知っている。
キーオン・
フルスターリ
フルスターリ王国の第二王子。
強引で、手段を選ばない。
セレスティナ・
ステファドール
アリスティアの双子の妹。
独善的で、アリスティアを
嫌っている。

プロローグ

ウィストン王国では、精霊が王家の嫡子に代々『祝福』と呼ばれる加護を授けてきた。そして祝福を受けた王家の子供は『精霊の愛し子』と呼ばれ、国の発展のために力を尽くす。

精霊の愛し子がいる土地は自然災害が起きず、食物もよく育つ。

こうしてウィストン王国は精霊を信仰し、代々国を繁栄させてきた。

――しかし、今から約十八年前、祝福を授けるはずの精霊が気まぐれをおこした。

第一王子が授かるはずだった祝福を別の者に与えたと言う。

どこの子供に与えたのかを聞き出そうとしたが、精霊は貴族の子供、ということ以外、一切口を割らなかった。

こうして、王家の子供なのに祝福を与えられなかった王子と、予期せぬ祝福を与えられた愛し子が誕生した。

王子が王位を継承する際に余計な揉め事を起こさないためにも、愛し子は王家に絶対必要だった。

そのため国王は、愛し子を探そうとしたが、なかなか見つけることが出来ない。

そこで王子がある程度の年齢になった頃、国王と王妃は王子と同じ日に生まれた貴族の子息を招き、お茶会を開いた。しかし、愛し子と呼べる程の精霊がついている子供は見つけられなかった。

「どういうことだ……なぜ見つからん」

「諦めるのは早いわ！　きっと見つかるわ」

国王と王妃はその後も理由をつけて子供たちを集めたが、結局、愛し子は見つからないまま。

そうして十八年が経ち、祝福を授からなかった王子の立太子の時が迫る。

しかし、精霊の愛し子は確かに産まれていたのだ。ある事情で虐げられていたせいで表に出てきていなかっただけで――

1　隠された『精霊の愛し子』

「アリスティア嬢。申し訳ないが君との婚約を破棄させてもらいたい」

その日、婚約者のオーラス様は突然私の元を訪ねて来るなりそう口にした。

「……えっと、オーラス様？　顔を上げて説明をお願いします」

彼と婚約したのはたった三ヶ月前だ。ほとんど交流もせず、会話もしない相手にそんなことを言われても困る。戸惑いながら聞くと、オーラス様はとても気まずそうな表情で私から目を逸らした。

「他に好きな人が……愛する人がいるんだ。いや、違う。最初から私は彼女が好きだった！　でも、何故か婚約相手は君だったんだ！」

他に好きな人がいる？　彼のあまりに酷い言い草に私は言葉を失った。

でも、きっと彼の好きな人は……

そこまで予想がついて顔を引きつらせると、耳元で可愛くて無邪気な声がする。

『ねぇねぇ、アリスティア。こいつ、なんかムカつくよ～』

『水責め？　燃やしちゃう？　何がいい？』

ちらりと視線を向けると、小さくてふわふわとした光が私の周りを飛び回っている。私がもし頷けば、言った通りオーラス様は水責めか火責めに遭うだろう。

……そんなことが起きたら大惨事になってしまう。

オーラス様には気付かれないようにこっそり首を横に振ったその時だった。

「悪かったわね、アリスティア。彼はあなたより私のことが好きなんですって」

ノックもせずに部屋に入って来たのは、双子の妹のセレスティナだ。……相変わらず常識がない。

「ノックもしないで入ってくるのは非常識だと思わないの？」

「あら、そうだったかしら？　ごめんなさいね。でもいるだけで災いを呼ぶあなたよりはずっといいと思うわ」

さっきから、セレスティナの声はまったく悪いと思っているように聞こえない。それどころか私に嫌味を投げつける姿に、唇を噛んだ。

『アリスティア～こっちの方がムカつく』

『こいつ嫌ーい。いつも、アリスティアを馬鹿にするー』

しまった！　セレスティナの登場でまた精霊たちが荒ぶりはじめてしまった。

さっさとこの場から去らないと間違いなく危険だ。

「……オーラス様、この話はすでにお父様にも？」

「あぁ。セレスティナに心惹かれるのは仕方のないことだ……と言ってくださった」

オーラス様が若干気まずそうに視線を逸らす。

申し訳なさそうにするなら、いらないことまで言わなければいいのに……。でも、お父様にももう話が済んでいるなら十分だ。私はにっこりと微笑みを作って、カーテシーの姿勢を取った。

「それなら私から言うことは何もありません。短い間でしたがありがとうございました」

「えっ！」

「話が終わったので私は離れに戻ります。あとはお二人でごゆっくりどうぞ！」

「あ、ちょっとアリスティア！　待ちなさいよ！」

何か言いたそうなセレスティナを無視して私は部屋を出た。あのまま部屋にいても、セレスティナによる無神経な攻撃を受けるだけなのでさっさと逃げるに限る。

廊下まで走り出ると、一応静かにしてくれていた声たちがまたふわふわと近づいてきた。

『アリスティア〜、大丈夫〜？』

「大丈夫よ。さっきは我慢してくれてありがとう」

微笑みながらそう答えると、彼らがまた私に言う。

『アリスティアがダメだって言うから仕方なくだよ〜』

『ねー』

「……ありがとう。皆がいてくれるから寂しくはないわ」

『『アリスティアーー！　大好き～～』』

そもそも婚約をしたのは早くこの家から離れるためだった。だから、三ヶ月前にお父様が持ってきた婚約話を二つ返事で受けたのだけれど……ダメならダメで仕方ない。

寂しくなんかない。だって私にはこの子たちがいるから。

――私の名前は、アリスティア・ステファドール。双子の妹はセレスティナ。

私たちは双子だけど明らかに違う。

私には、物心がついた時からずっと自分の周りに漂う光の粒たちが見えていた。

私の成長と共にその光の粒の形は変わっていき、やがて彼らと会話が出来るようになった。今となっては姿もしっかり見える。小さな人型に羽の生えた姿は御伽噺(おとぎばなし)の登場人物のようで愛らしい。

『アリスティア！』

『アリスティアの傍はね、フワフワした気持ちになれて心地良いんだよ！』

家族からどれほど疎(うと)まれようと、無邪気に話しかけてくれるこの子たちの存在がずっと私の救いだった。

なぜ私の周りにこんなにたくさんの精霊がいるのか、どうして他の人には彼らが見えないのか、その理由は知らない。だけど、もはや私にとって家族よりも大切で得難い存在だ。

無邪気にクルクル回る精霊たちに私は微笑みかけた。

オーラス様に婚約を破棄されて数日が経った。すると何やら、本邸の様子がおかしい。朝から人の出入りも激しいし、お母様の甲高い声が離れまで聞こえてくる。

『アリスティア～どうしたの～？』

『騒がしいのが気になるのー？』

そう言いながら私の周りに精霊たちがやって来た。

「少しあっちが騒がしいから何かあったのかしら？　と思っただけよ」

『わかった！　聞いてくるねー！』

「え？　ちょっ⁉」

私の言葉を聞いて、すぐに精霊たちは本邸へと飛んで行ってしまう。私は光の粒たちを見送ってから、椅子に腰を落ち着けて狭い部屋を見回した。机と椅子とベッドしかないこの離れに追いやられてもう何年経つのだろう。

「いるだけで災いを呼ぶ、か……」

オーラス様に婚約破棄をされた時の妹の言葉を思い出して、私はこの部屋に押し込められた日のことを振り返った。

この国では双子は珍しく、滅多に生まれない。そんな中で、私とセレスティナが双子として生まれ、しかも私の髪の色が両親と違ったことが事の発端だった。

「双子の姉が、いつかそなたたちに災厄をもたらすだろう」

金髪で生まれた私を訝しんだ両親は、占いに頼った。その占いの結果がこれだ。

世間には双子の姉は病弱のため人前には出られないと公言し、決して公の場には出さず、家では離れに押し込められた。ほんの少しの良心からか、それとも呪いを恐れているのか、両親や妹からの暴力はない。ただ、雑用をやらせる以外は存在を無視されているというのが近い。とはいえ世間からすると私は既に死んだも同然の人間だ。

オーラス様は、私を追い払うために父が用意したはずだけれど……セレスティナはもはや災い云々ではないほど、私が何かを得ることを嫌っている。

せめて家を出ることさえ出来れば……

そう思いつつ、椅子の背に凭れかかるとにぎやかな声が降り注いだ。

『ただいま～』

『なんかねー、コウキナオキャクサマが来るんだって～』

「高貴なお客様？」

思わぬ言葉に聞き返すと、精霊たちはそうそうと言いながら顔を見合わせる。

『男爵夫人とセレスティナがすごい興奮してたよー』

『失礼のないようにー、とか絶対に何がなんでも気に入られなくちゃーとか言ってはしゃいでたぁ』

「そう、なのね……」

これは相当身分の高いお客様が来るのかしら？　とはいえ、男爵家である我が家が高位貴族を呼ぶことはないだろうから……何が理由で来るんだろう？

私が首を傾げると、精霊の一人が真似をするように首を傾げた。

『アリスティアは顔を出さなくてもいいのー？』

「どうせ私は呼ばれないわ。上の娘は具合が悪くて、とお父様がいつものように誤魔化すわよ」

私がそう答えると、精霊たちは明らかに面白くなさそうな顔をした。

『本当に嫌なヤツら！　アリスティアを虐めるヤツは嫌ーい』

『アイツら燃やしていーい？』

らんらんと目を光らせたのは精霊たちの中でも特に私と一緒にいることが多い赤い髪の子だ。

当然だけどそんな許可は出来ない。

「も、燃やすのは止めてちょうだいね⁉」

『えー？　アリスティアが嫌がるならしないけどぉー』

『本当なら、アイツら全員、燃やすか水責めかしたいんだよー？』

赤い髪の子を筆頭に我も我もと手を上げる精霊たちに冷や汗をかく。

精霊たちは見た目が可愛くても過激な性格をしている。特に私を慕ってくれている子は、私を虐げる家族に関しては昔から良い感情を抱いていない。

もう一度念を押すように、羽をばたつかせる子に私は話しかけた。

「お願いだから、それだけはやめてね？」

『はーい！　分かったよー、人間は面倒だねー』

『ねー』

とりあえず、納得してくれたようなのでホッとする。

「……それにしても、高貴なお客様、ね」

オーラス様を手に入れたというのに、セレスティナは本当に節操がない。

もしもそのお客様が見目麗しい男性だったら、近づこうとするに違いない。

しかし、そんなことよりも私には大事なことがある。家を出るときは追い出されるのではなくて、堂々と自分の足で出ていきたい。

私はそっと机に隠している刺繍糸と針を取り出した。

――今から三年程前、使用人のハンカチに刺繍を施したら、とても上手いと褒められた。

褒められた経験なんてない私はそれがとても嬉しかったのだ。

それからしばらく経って、私の刺繍を最初に褒めてくれた使用人が、結婚が決まり男爵家を去ることになった。

「全部、アリスティア様のおかげなんです」

彼女は泣きながらわざわざ離れにまで来て、そう言った。

実はその結婚はかなりの玉の輿だったそうだ。私が刺繍したハンカチを落としたことで相手との縁が出来たという。それ以外にも私が刺繍したハンカチを手にした人が、それぞれ大なり小なり幸せなことが起きたと報告してくれることが続いた。

正直偶然か思い込みだと思うけど、それが評判になったおかげで、私の刺繍したハンカチをお店で売ってもらえることになったのだ。

ただ私は『いない』ことになっているので、製作者の正体は内緒にしてもらう約束だけど。

騒がしい本邸は置いておいて、私はそっと街に出かけた。

今週の納品分を抱えてお店に入ると、店主のミランダさんが顔を出す。

「こんにちは、ミランダさん。今週の分です」

「あぁ、ティアちゃん！　待ってたよ。いつもありがとう！」

ティアは、街での偽名だ。街は家よりもずっと呼吸がしやすい。私はバスケットに詰め込んだハンカチをミランダさんに手渡した。

「最近は、本当に人気でねー。すぐ売り切れちゃうの。まさに幸福のハンカチとして、ちょっとした名物になりつつあるわよ！」

「さすがにそれはどうかと思いますよ……？」

たかが小娘の刺繍したハンカチなどが名物になっては駄目だと思う。

「いいのよ！　このハンカチを手にして幸せになってる人がいるのは事実なんだから！」

「……偶然ですってば」

手放しで褒められることなんてまったくないから、くすぐったい気持ちでミランダさんの言葉を受ける。それから少し安くしてもらった刺繍糸を受け取って、後は帰るだけ――だったのだけど。

『アリスティアー、大変だよぉー』

『大変、大変！』

ミランダさんのお店を出てすぐに、精霊たちがぶつかってきた。慌てて手で受け止めると、一生懸命後ろの通りを指さしている。

「どうしたの？」

小声で何があったのか聞き返すと、精霊たちは大きな目をうるうるさせながら私の袖を引いた。

『あっちの路地裏で人が倒れてるの』

『人通りが無さすぎて、誰も気付いてないの』

『あのままじゃ、危ないよォ！　助けてあげてーー』

「えっ⁉」

精霊たちの言葉に驚く。基本、精霊は人に無関心だからだ。

でもそれぐらいその人の状況がよくないということかもしれない。私は慌てて彼らの引っ張る方向に身体を向けた。

「分かったわ！　その人の所まで案内してくれる？」

『うん！』

いつになく必死な精霊たちの案内で路地裏へと向かうと、そこには一人の男性が倒れていた。

「大丈夫ですか⁉」

「……うっ……」

私の呼び掛けに反応は示すものの、意識ははっきりしていないようだ。よく見れば腕から出血もしていて、地面が黒っぽく変色している。

まずは止血をしないと！　でも、傷口を洗うものも何もない……

バスケットの中に水瓶ひとつ入っていないことに歯噛みしていると、精霊たちが私の肩近くで悲しげな声を上げた。

『アリスティア～、この人大丈夫～？』

その声で思い出した。いつも、燃やすとか水責めとか言ってるんだもの。この子たちなら水を出せるんじゃない？

「ねぇ、この人にかけるお水を出せたりする？」

いつもと違う問いかけに、精霊たちがぱっと顔を輝かせた。

『え？　何、この人を水責めにしちゃうの？』

「へ？　そ、そうじゃなくて！　この傷口の血を洗い流したいのよ。だから、少しだけ水があったらって……」

『なぁんだ～。その血を洗い流せばいいのー？』

『ちぇ、残念。ようやく人を水責めに出来ると思ったのにー』

「……えっと、お願いね？」

最後の発言は聞かなかったことにする。少し心配だけど大丈夫だと信じたい。

『分かったぁー』

青い髪をした精霊がそう答えるなり、何処からか水が出現し、男性の血が洗い流されていく。

「これで傷口は洗えたけど……止血もしないと」

本当は消毒したいけれど、さすがにこの場でそれは無理だ。

とにかく今は、まだ完全に血が止まっていないようなので、先に止血をしないといけない。バスケットの中身を漁って、自分のハンカチを慌てて取り出した。

刺繍入りのハンカチを使って傷口を押さえる。

「こういうときに不思議な力が発動したらいいのに……」

ぼやきながら腕の止血は終え、他に怪我がないか全身をくまなく確認する。

すると大きな怪我らしきものは他になく、酷いのは出血していた腕のみのようだ。

そのことに少しだけホッとする。

「それにしても……綺麗な顔」

流れ出てくる汗を拭いながら、私はその人の顔をマジマジと見つめた。

透き通るような、銀の髪。今は苦しそうに表情が歪んでいるけど、その顔がとても整った顔立ちだということは今でも分かった。

「こっちのハンカチも少し濡らしてくれる？」

『いいよー』

男性を自分の膝に寝かせ、精霊たちのおかげで冷えたハンカチをそっと彼の額に当てた。

……それから、どれくらい時間が経っただろうか。

「…………んっ？　ここ、は？」

掠れた声で言葉を発しながら、彼が目を開けた。どうやら意識が戻ったらしい。

「気が付かれましたか？」

「……!?　……し？」

「し？　あぁ、驚かせてすみません。ここで倒れていたあなたを発見して様子を見ていたのです」

「……あなた……が？」

「えぇ」

「……そ、れは、ありがとう」

お礼を言いながら、その男性は身体を起こそうとする。しかしすぐに顔を歪めて、地面に倒れこみそうになる。

「あぁ、そんないきなり身体を動かしてはダメですよ！　出血もしていたのですから」

「出血……」

「そうです。腕を切られてました」

「……あぁ、そうか。うん、そうだったな……」

彼はまだどこかぼんやりしている。紫色の瞳が周囲を見回して、悔しそうな表情になった。

「しかし、早く戻らないと……心配をかける……」

「人を呼びに行きたい所ですけど、ここであなたを一人にするのも……」

「す……まない」

精霊たちが他の人にも見えれば、誰かを誘導することも出来ただろうに。

どうして他の人には見えないのかしらと、こんな時は歯痒く思う。すると彼は私を見つめてから小さな声で言った。

「泊まってる宿が……ここからそう……遠くない。女性のあなたに頼むのは申し訳ないが、宿の近くまで……支えて行ってくれないだろうか？」

「近くまでで大丈夫ですか？」

「……近くまで行けば、従……付き添いがいるはずなんだ」

途切れ途切れだけど、意識はだいぶはっきりしてきたようだ。凛とした光が瞳に宿っているのを見て私は頷いた。

「分かりました。でも辛かったら言ってくださいね」

私がそう言いながら微笑みかけると、彼は一瞬きょとんとした顔をした後、笑った。

「ありがとう！」

そんな彼の美しい微笑みとアメジスト色の瞳に思わず見蕩(みと)れてしまった。


「……あっ!!　ジー……ジェフ様っっ!!」

精霊たちに励まされながら、彼に肩を貸す。ひどく重たかったけれど、彼も一生懸命自分の力で歩こうとしてくれたおかげで、なんとか前に進み続けることは出来た。

そうして彼の言う宿の近くまで来ると、焦った様子の男性が私たちに気付いて走り寄ってきた。

「……お知り合いですか？」

「ああ」

私が小声で訊ねると、安心する言葉が返ってきた。

「それは……よかったです」

「ジー……ジェフ様！　いったいどこで何をしていたんですか!?　心配しましたよ！」

「す、すまない……ちょっとしくじって」

「しくじる!?　本当に何を……って、そちらの女性は？」

大声を出していた付き添いの人は、私に気付くとバツが悪そうな顔をして大人しくなった。

「怪我して倒れているところを介抱してもらったんだ」

「怪我!?　いったい何をやったんですか!?」

付き添いの人が驚きの声を上げた。彼があいまいな笑みを浮かべて答えようとしないのを見て、私は慌てて割って入る。

「彼は腕から出血してました。傷口は洗いましたけど消毒はしていませんので、後はお医者様に診せた方が良いかと思います」

「え？　あ、はい」

他に伝えるべきことは……と考えた時に、時計塔の鐘が鳴った。夕の鐘だ。

いけない、もう帰らなければ。妹や母に出歩いていることが見つかったら怒られるでは済まない。

「それでは、私はこれで失礼します」

慌てて頭を下げて走りだすと、二人がハッとした顔になった。

「え？　あ……!?　待っ！」

「君!?」

これで、もう私の役目はおしまいだ。

「さて、皆、帰りましょう！」

『終わったの～？』

『あの人は大丈夫ー？』

「大丈夫よ。もう意識もはっきりしていたし、付き添いの人にも会えたみたいだから」

『そっかぁ、よかったね』

『うん、よかった、よかった』

精霊たちが人を気にするのはやっぱり珍しい。でも深く考えることはやめた。

「急いで帰らないと……！」

そうして走って帰り、妹の雑用をこなすうちに彼のことなんて記憶の片隅に押しやっていた。

「相変わらず、みすぼらしい部屋ね。アリスティアにはピッタリだわ」
「……わざわざ嫌味を言いに来たの？　セレスティナ」
あのとても顔の綺麗な男の人を介抱してから数日後。

普段はこちらの離れに近寄ろうともしないセレスティナが何故かやって来た。

「はぁ……本当にアリスティアって相変わらずニコリともしないのねぇ。そんな様子だから、オーラス様にも見限られてしまったのではないの？」

何故面白くも楽しくもないのに笑わなくてはならないの、と言いたい。

『アリスティア、アリスティア！　こいつぶっ潰していい？』

『うん、燃やそう！』

精霊たちが本気で荒ぶりそうなので、セレスティナにはそろそろ大人しくしてほしい。

一体何の用事なのかという目でセレスティナに視線を向けた。

「……なんでそんな目で見るのかしら？　あーあ、もっと、悔しそうな顔をしていると思ったのに残念だわ」

「悔しいと思えるほどオーラス様とは交流していなかったので」

彼とは婚約者だったと言えるようなことをした記憶がない。

だって、彼が屋敷に来ていることすら私は知らされていなかったのだ。

私がそう答えるとセレスティナは鼻で笑った。

「ふっ……あぁ、そうね、そうよねぇ、ふふふ」

「セレスティナ。本当に用がないのなら帰ってちょうだい」

「あら、怖ーい」

お願いだから精霊たちが怒り出す前に帰ってほしい。

「言われなくても帰るわよ！　……ふん」

私が暴れ出しそうな精霊たちを宥めているうちに、セレスティナは離れから出て行ってくれた。

……そういえば高貴なお客様とやらはどうなったのかしら？

そんなことを考えながら、外に出る準備をしていると精霊たちが声をかけてくる。

『アリスティア～、今日はお出かけ～？』

『街に行くのー？』

「そうよ。今回の分の刺繍を終えたからミランダさんに届けるのよ」

追加で取り掛かったハンカチの刺繍が終わったので、今日はそれを届けに行く。

「ミランダさん、こんにちはー」

そう言いながら店のドアを開けると、そこにはミランダさんに詰め寄る一人の男性がいた。

「ですから、このハンカチはこちらで販売した物で間違いないでしょうか⁉」

詰め寄っている男性の手に握られているのは、どこからどう見ても私が刺繍したハンカチだった。

私が思わず声を上げると、その男性とミランダさんが同時に振り返ってこっちを見る。

「あ、ティアちゃん！」

「あなたは……！」

その男性を見て驚いた。あの日、怪我をしていた彼の付き添いと言っていた人だ。

「……ティアちゃん、この人と知り合いなの？」

「知り合いと言うか……」

顔だけは知っているけど、名前は知らない。言葉を濁すと、彼が必死な表情で言った。

「て、店主さん！　お騒がせしました！　私は彼女を捜していたのです！」

「え？」


「改めまして、私はジー……ジェフ様付きのヨハンと申します」

「ご丁寧にありがとうございます。私はティアと申します」

挨拶の後、私たちはお店を出て彼の話を聞くことになった。

小さな喫茶店の奥なら、他の人の目にはつかないだろう。

運ばれてきたお茶を手に取りながら、ヨハンと名乗った男性は頭を下げた。

「突然すみません。ジェフ様がどうしてもあなたに会いたいと申しておりまして……」

「私に？」

「はい。あなたに助けられたのに名前も聞けず、まともなお礼すらも伝えられなかったことを大変悔やんでおります」

当たり前のことをしただけなのに、わざわざ？　まったく気にしなくてもよかったのに。

驚いているとヨハンさんがこくこくと頷いて話を進めた。

「それで、あなたに繋がる唯一の手掛かりであるこのハンカチを伝手にして調べていたのです」

「えっと、ジェフ様？　……あの方の容態や怪我は大丈夫なのでしょうか」

「えぇ、はい。腕の怪我も早めの応急処置があったから、治りも早いだろうとのことでした。本当にありがとうございます。ティアさんのおかげです！」

「いえいえ、私は本当に大したことはしていませんから……」

「そんなことありません!! ティアさん、あなたがいなかったらどうなっていたか！」

ヨハンさんの勢いは凄かった。彼からすると、そこは譲れないらしい。

よっぽどジェフ様が大事なのだろう。なんとなく微笑ましい気持ちで微笑むと、ヨハンさんはハッとしてから照れくさそうに咳払いをした。

「……それで先程も申し上げましたが、ジェフ様がティアさんに会いたいと申しております」

「私、本当にお礼なんていらないのですけど」

「そういう訳にもいかないのです。どうかお願いします。一度だけで構いませんからジェフ様と会ってくれませんか？」

私はうーんと考える。

自分の置かれている立場を考えると、人に会うというのはどうしても躊躇(ためら)ってしまう。

それに、ジェフ様のあの様子は貴族男性にしか思えない。

万が一、私がステファドール男爵家の令嬢だと知られ、それが家にばれたら確実に面倒なことになる。

そう思いながらヨハンさんを見ると、彼は頭を下げてはいるものの断固として譲らないといったオーラを出していた。

『アリスティア～、この人、もしかして面倒臭い人～？』

『やっつけちゃう？』

『嫌なヤツなのー？』

私が困っていることに気付いた精霊たちが、物騒なことを言い始めた。

――ううん、それはダメ、絶対!!

私は、ヨハンさんが頭を下げているのをいいことに、慌てて首を振って精霊たちに合図を送る。

するとひときわ目立つ赤い髪の子がぷうっと頬を膨らませた。

『ちがうのぉ～？』

『そっかぁ、残念ー』

……なんでそんなに残念そうなの。

私が頷いたら何が起こるのかと思うと、本当にその無邪気さが怖い。

しかし、これは断れそうにないと悟った私は静かにため息を吐く。

「……分かりました。一度だけならお会いします」

「本当ですか⁉　で、では明後日の夕方……夕の鐘が鳴ったあとでもよいでしょうか」

「……？　はい」

細かく指定された時間に戸惑いながらも頷く。するとヨハンさんは嬉しそうにパッと顔を上げた。こうして、私はもう二度と会わないと思っていた彼に再び会うことになった。

――そして、ヨハンさんから伝えられた約束の日。

「うーん……格好はこれでいいのかしら……？」

家族に疎まれ、隠されて育って来た私はまともなドレスなんて持っていない。使用人の着古した服を繕ってどうにか過ごしていたような私が持っているのは、刺繍したハンカチを売ったお金で買ったシンプルなワンピースがほとんどだ。

悩んだ末に、エンジ色のワンピースに白のカーディガンを合わせて足元は編み上げのブーツに決めて、もう一度鏡を見る。

どう見ても庶民の女の子にしか見えないだろう。

「まぁ、きっと向こうは私のことを貴族だとは思っていないだろうし……だから格好なんて気にしないわよね！」

そんな独り言にも精霊たちは敏感に反応して、私の周りをクルクル回る。

『アリスティアは何を着てもカワイイよ～』

『その格好も可愛いー』

『ドレスも似合うだろうねぇ～見たいなぁ……』

『そうだ！　セレスティナから奪ってくるー？』

「そ、そう？　ありがとう……あ、あと、ドレスを奪うのはやめてね!?」

セレスティナが激怒して乗り込んでくる姿しか想像出来ないので勘弁してほしい。

だけど精霊たちはどこまでも私に優しい。この可愛いという言葉も気を遣って言っているわけではないから純粋に嬉しい。

そんなことを考えながら、私は待ち合わせ場所へと向かった。

「早く着きすぎてしまったわ……って、えぇっ!?」

待ち合わせ場所に着くと、そこにはすでに一台の馬車が止まっていた。

約束の時間まではまだしばらくあるので、まさかと思いながらおそるおそる近付くと馬車の脇に人が立っている。

「ヨハンさん?」

「あ、ティアさん！　お早いですね！」

私が声をかけるとヨハンさんは、日の光のせいか眩しそうに目を細めながら私を見た。

「その言葉、そっくりそのままお返ししますよ」

「……あー……ははは、その、ジェフ様が……」

ヨハンさんは、困った様子で頬を掻いた。

「ちょっと待てヨハン。なんで僕のせいになっている?」

「ひっ!?」

突然、頭上から声がした。

「……あ」

馬車から文句の声と共に降りてきたのは、間違いなくあの日怪我をしていて、ジェフ様と呼ばれていた男性だった。暮れかけた夕日が彼の銀髪に反射してキラキラと光っている。

やっぱり綺麗な人だと思わず見惚れていたら、彼と私の目が合った。

「……あ、えっと、改めて……先日はありがとう」

ジェフ様が私に向かって頭を下げる。貴族の男性に頭を下げさせてしまうなんて。

慌てて頭を振って、私も頭を下げ返した。

「い、いえ、本当に大したことはしていません！ ……えっと、ティアと申します」

「……ティア。君にピッタリの可愛い名前だね。僕のことはジェフと呼んでくれるかな？」

「ジェ……ジェフ？」

まさか爵位も敬称もない呼び方に復唱してしまうと、彼はにっこりと微笑んだ。

「うん。だから僕にもどうか君をティアと呼ばせてほしい」

「え、は、はい……どうぞ」

「それじゃ、改めてよろしく。ティア」

そう言って笑顔を見せたジェフの顔はやっぱり惚れ惚れするくらいキレイで胸がドキドキした。

「そ、それで、今日はどこに行かれるのでしょうか？」

「ん？ それより、敬語もやめてもっと砕けて話してほしいな」

「えぇぇ!?」

彼に勧められるまま馬車に乗り込んだ後、返ってきた言葉はまさかの「敬語をやめて」だった。

とても難しい注文に困ってしまう。

私が狼狽(うろた)えていると彼は少し拗ねた様子で言った。

「他人行儀なのは嫌なんだよ。ティアは歳だって僕とそう変わらないはずだ」

「も、もうすぐ十八歳になりますけど……」

「じゃあ同じ年じゃないか！」

「そ、それは……奇遇ですね」

話してみるともうすぐ誕生日という所まで同じだったので驚いてしまう。私が目を瞬かせていると、ジェフはにっこりと微笑んだ。

「だから、いいだろう？　気軽に話して！」

「……うっ！　わ、分かりました……じゃない、分かった、わ！」

おかしな受け答えになってしまった私を見てジェフはクスクスと笑う。

「……ティアって可愛いね」

「か、からかってます⁉　じゃない……からかっているの⁉」

とんでもない発言に私の頬が熱を持つ。しかしジェフはそんな私の顔を見て、ニコッと笑った。

「あ、驚いて赤くなるその顔もいいね」

予想していなかったジェフの返しに、私の顔はさらに熱くなる。

『わ～アリスティアの顔、真っ赤だ～』

『ホントだ！』

精霊たちにも指摘されるほど私の顔は真っ赤になっているようで、どんどん恥ずかしさが込み上げてくる。

「も、もう、お願いだから可愛い……とかそんなことは言わないで！」

必死の思いでそう訴えたのに何故かジェフは首を傾げた。

「なんで？　ティアが可愛いのは隠しようのない事実じゃないか」

この人はこれを素で言っているの？　と言葉を失う。

それとも、私が知らないだけで、男性がこんなセリフを吐くのは日常茶飯事なの？

少なくとも、元婚約者のオーラス様からは聞いたことがないセリフだった。

確か、こういう男性のことを前に精霊たちが話していた気がする。私は必死に記憶を辿った。

えっと、えっと……そうよ！　タラシ！　ロクデナシ！

これだ！　と思い、じとっとした目でジェフを見ると、彼は何かを察したのか慌てだした。

「ちょっと待って！　ティアのその目……もしかして僕が誰にでもそういうことを言っていると思っている!?」

「うっ！」

「やっぱり！　そんなわけないだろ!?　――ティアだけだよ」

さっきまでにこにこしていたジェフは急に真剣な表情になって、私を見つめる。

――私だけ。

その言葉にトクンと胸が大きく弾んだ。

『あー、アリスティアが動揺してる～』

『珍しいねー』

『面白〜〜い』

精霊たちにも分かるほど私は動揺していた。だって、私に今までそんなことを言ってくれる人なんていなかったから。私の動揺に気が付いているのか否か、ジェフは必死な表情で続けた。

「それに、ティアくらい可愛かったら、周りの男も放っておかないだろう？　可愛いなんて言われ慣れてると思っていたよ」

「……え？」

離れに追いやられている私が、可愛いなんて言われ慣れているはずがない。

「そ、そんなことないわ。だって、恋人はおろか……そもそも私には友達がいないんだもの」

「えっ!?」

「ティアさんが？」

そんな私の言葉にジェフだけでなく、ヨハンさんも驚きの声を上げた。その視線を痛く感じながらこくりと頷く。

「……もしかして、ティアはステファドール男爵領に来てまだ日が浅いの？」

「……違うわ。私は生まれも育ちもここよ」

静かに首を横に振る。自分で言っていても情けなくなる言葉だったけれど、私の言葉を聞いたジェフはしばらくきょとんとした表情になってから、また華やかに微笑んだ。

「そうなんだ……？　よし！　なら、僕がティアの友達第一号だ！」

「へ？」

「僕はティアの友達になりたい！　いや、むしろもう友達だと思っていいかな？」

突然のジェフの言葉に私は目を丸くした。ヨハンさんも驚いた表情で、彼の肩を掴んでいる。

「ジー……ジェフ様!?　あなたいったい何を言い出してるんですか！」

「ヨハン」

「……っ！　あ、いえ……なんでもありません」

ヨハンさんの咎めるような声もジェフは笑顔で黙らせた。

ジェフは間違いなく貴族の男性なので、お付きのヨハンさんが（本当は違うけれど）平民な私と友達だなんてと思ったのは当然のことだ。なのに、ジェフは私と友達になりたいと言う。

人間の友達なんて諦めていたのに、それがまさかこんな形で……と、嬉しくて嬉しくて思わず頬が緩みそうになる。

『アリスティア、嬉しそう～』

『ともだちー？』

『僕らは～？』

色んな意味でドキドキさせられるけど、精霊たちはずっとずっとそばにいてくれる大事なお友達！

そう思った私が精霊たちに微笑みかけていたら、何故かジェフが慌て出した。

「ティ、ティア……」

ジェフの顔が赤い。急にどうしたのかしら。

「……やっぱりティアは……し……」

「し？」

「な……なんでもない」

顔を赤くしたまま目を逸らしてしまったので、ジェフが何を思っているのかはよく分からない。

私と友達だなんて本当にいいのかしら？　という思いが強いけれど、やっぱり嬉しかった。


「──って、本当にお礼なんていらないのに！」

「いいや！　駄目だ。それでは僕の気がすまないんだ！」

馬車は結局とあるお店の前に停まった。降りてみるとそこは私などが訪れるには相応しくない高級品を扱うようなお店だったので、たじろいでしまう。

それなのにジェフは、介抱してくれたお礼をここでするとと言って譲らない。

「本当の本当に物を買ってもらうなんて恐れ多いわ」

「遠慮しないでよ。ティアがいなかったら今頃僕はどうなっていたことか……」

ジェフは頑固だった。

「……本当ですよ。ジー……ジェフ様に何かあったら今頃、国の損……コホンッ……えーあー、ティアさん。今、ジェフ様がこうしてピンピンしてるのは、あなたのお陰なんですから、遠慮しないで欲しい物をなんでも言ってください」

「ヨハンさんまで……！」

何故かヨハンさんまで参戦して、私を説得しにかかってくる。むしろ、私としてはジェフを説得してほしいのに。

「だからと言って、こんな高いお店は無理だわ！」

「そんなに高くないよ？」

「ほ……本気で言っているの？」

その言葉に私は愕然とした。お店には、私どころかセレスティナでもあまり近寄れないぐらいの品が並んでいる。お菓子箱に高価なレース編みのリボンがかかっていたり、万年筆に宝石が使われていたり――それって必要？　と思ってしまいそうなぐらい飾り立てられているっていうのに！

もしかしたら、ジェフは私が思っているよりも、かなりの高位の貴族なのかもしれない。

お店のものを見回して、私はごめんなさい、と首を振った。

「でも、私は本当にここで欲しい物はないのよ」

「ティア……」

離れから出ることがほとんどない私にとって、ここにあるような煌(きら)びやかな商品は関係がないし、もし買ってもらったとしても妹に取られてしまうだろう。せっかくの言葉を断るしか出来ず俯くと、ジェフはしばらく考えてから言った。

「……ティアの趣味は刺繍なんだよね？」

「え？」

ジェフの突然の発言に私はそんな話をしたかしらと首を傾げる。

「ヨハンから聞いたんだ。刺繍したハンカチをお店で売っていたってね」

「ええ、そうよ」

「僕の腕の止血をした時のあのハンカチもそうだったけど、素晴らしい出来栄えだった」

「そ、れは……ありがとう……」

褒められるのは素直に嬉しい。でもやっぱり恥ずかしい。思わず顔をそむけると、ジェフはそんな私の手を取った。

「だから、刺繍をするのに必要な物だったら受け取ってくれる？」

「刺繍の？」

私が聞き返すとジェフは頷く。

「欲しい物がないと言うならせめて仕事に必要な物を贈りたい。ダメかな？」

「ジェフ……」

彼は何がなんでも私に贈り物をしたいらしい。なんて律儀な人なのだろうと思う。

ここでこの申し出まで跳ね除けるのは、なんだか彼の厚意を踏み躙（にじ）ってしまう気がした。

「……そ、それなら、お言葉に甘えて刺繍糸を買ってもらっても、いい？」

「勿論だよ‼　いくつでも！　あぁ、むしろ全部買おうか？」

ジェフがとても嬉しそうに笑ったので、私の気持ちもほっこりしたけれど、発言内容が精霊たちの過激な発言並みで驚かされた。

「え？　ちょっと⁉　さすがにそ、そんなにはいらないわよ⁉」

「えぇ⁉」

放っておくと、本当にお店の在庫を全部買ってしまいそうな勢いだったので慌てて止めたけど、彼はお店に頼んで、すぐ様々な種類の刺繍糸や道具と新品の布まで買ってくれた。

刺繍糸だけだったはずなのに、今更ながら上手く乗せられてしまったことに気付く。

「ティア。本当にそれだけでいいの？」

「それだけって。もう、充分……いいえ、充分すぎるくらいよ」

「本当に？」

「本当に！」

私がキッパリと言うと「そういうものなのかぁ……」と小さな声で呟いていた。

やっぱり、ジェフはどこかの高位の貴族のお坊ちゃまで金銭感覚がかなり違う人なのだろう。

「……ジェフ、本当にありがとう」

こんもりと箱に入れられた布や色とりどりの刺繍糸を見つめて、私が改めてお礼を言うと、ジェフはフッと笑った。

「お礼を言うのは僕の方だよ」

「それでも嬉しいの。こんなにたくさんありがとう」

「……ねぇ、ティア」

「何かしら？」

ジェフは何かを考え込んだ後、どこか躊躇(ためら)うような表情を見せる。

「ティアにとって迷惑じゃなければ、なんだけど、その、今日買った物を使ってティアが刺繍した物を僕にくれないかな？　な、なんでもいいからさ！」

「え？」

ジェフの言葉に驚いた私は目を丸くして思わず聞き返してしまう。そんな私の反応にジェフは寂しそうな顔をして肩を落とした。

「ごめん……やっぱり迷惑だよね」

「ち、違うわ!!　そうではなくてただ驚いただけよ！」

「驚いた？　そうなの？」

「だってまさか、そんなお願いをされるとは思っていなかったから。もちろん、喜んで作らせてもらうわ！」

笑顔でそう答えると、ジェフも嬉しそうに笑った。その笑顔に思わず私の胸が跳ねる。とにかく彼の笑顔は心臓に悪い。きっと、ジェフは自分の笑顔の破壊力というものをまったく自覚していないのだろうな、と私はその時思った。

『アリスティア、また顔が赤いよぉ～』

『照れてるのー？』

『お水、出そっか？　冷やす～？』

どうやら私の顔はまたしても赤くなっているみたいで、再び精霊たちにからかわれてしまう。

それから時間が経っても私の心はなかなか落ち着いてくれなかった。

お礼ならもう充分だったのに、ジェフはそれでもまだ足りなかったらしく、その後は美味しい物を食べよう！　という話になった。

「せっかくなら、ティアの好きな物にしよう」と言われたのだけど、この街に暮らしているというのにお勧めの店一つ浮かばない。申し訳なさに頭を下げると、ジェフは「そっか」と呟いて深く追及してこなかった。

「じゃあ、僕が聞いたお店でいい？　この街に来るのは二回目だから、美味しさを保証出来なくて申し訳ないんだけど」

「もちろん大丈夫」

そう答えてから、ふと胸が痛んだ。

そう言えばそうだった。ジェフは、ステファドール領に住んでる人ではなかったんだ……

「まだ、しばらくはここにいるの？」

気になって訊ねると、ジェフは少し考え込む。

「うーん、そうだね……まだ目的を果たしてないので帰れそうにないかな」

「目的？」

「そうなんだ。怪我で、予定がちょっと延期になってしまった。まぁ、自業自得なんだけどね」

「そうなのね……」

帰る、という言葉に少しだけ寂しさを覚えてしまう。ただそんなことをほとんど初対面の人間に言われたって困ってしまうだろう。私は頷いてから出来るだけ明るい笑顔を作った。

「それならジェフが帰ってしまう前に私は刺繍を頑張らないといけないわね！」

「……ティア。ありがとう」

そう言ってジェフが照れたように笑う。その笑顔に少しだけほっとした。

その後、案内されたお店の料理はとても美味しかった。私にとっては何もかもが新鮮で、最後のデザートとして出てきた甘い物まで心行くまで堪能する。

料理が運ばれてくる度に目を輝かせる私にジェフが「やっぱりティアは可愛い」と言ったり、精霊たちにも囃（はや）されたりしたせいで料理の味が分からなくなったりもしたけれど、とても楽しかった。

――ステファドール男爵家の屋敷の近くから離れまでの道を歩きながら、私は今日の楽しかった時間を振り返る。ジェフとはまた会う約束もした。次の約束に戸惑う私にジェフは「友達なのだからまた会う約束をするのは当然だろう？」と言ってくれた。

「ふふ……友達ですって」

初めてのことにちょっと擽（くすぐ）ったい気持ちになる。

『アリスティア、嬉しそう』

『ジェフは僕たちとおんなじ～！』

『だよねー！』

精霊たちの言っている言葉の意味が分からず聞き返すと、彼らは笑顔で答えた。

「同じってどういう意味？」

『アリスティアのことが大好き、だよ！』

その発言になんて言い方をするの、と照れてしまう。

「ジェフは……友達なのよ？」

『うん、友達……嬉しい？』

「嬉しいわ。だから彼を傷つけたりはしないでね？」

『わかったー』

『仕方ないなぁ』

『え～、つまんなーい』

「え……」

最後の発言は聞かなかったことにして、離れの中に入ろうとした時だった。

「……なんだか随分とご機嫌ねぇ、アリスティア？」

「セ、セレスティナ？」

とげとげしい声に振り向くと、そこにはセレスティナが立っていた。どこからどう見ても不機嫌な表情に身を強張らせる。

「ねぇ、あなた今日はどこに行っていたの？」

「え？」

「……今日見かけたのよ。街にあなたがいる所。それも、男といたわよね⁉」

まさかジェフとヨハンさんといる所を見られていた⁉

目を瞠ると、その反応を肯定と取ったのかさらにセレスティナが表情を険しくした。

「知らなかったわ。あなたに隠れてコソコソ会うような男性がいたなんて。――ねえ、あれは誰？」

「わ、私が誰といようとセレスティナには関係ないことでしょう？」

「は？」

私の反論が気に入らなかったのか、セレスティナはますます私を睨みつけてくる。

「生意気ね。あるのよ。あるから言ってるの！　……あなた、実はオーラス様と婚約している時からあの人とずっと不貞を働いていたのでしょう!?　だから、婚約破棄にも動じなかったんだわ!!」

私が不貞していた!?　セレスティナのとんでもない発言に思わず顔をしかめると精霊たちが一斉にブーイングを始めた。

『こいつ何言ってんのー？』

『自分こそ、アリスティアのこんやくしゃにベタベタしてたくせにー』

『お前が言うなー』

その通りだわ！　……ではなくて。このままではいけない。精霊たちが本気で怒りだしそう！

「セレスティナ。お願いだから変なことを言うのはやめて」

「どこが変なこと？　おかしいと思ったのよね、あんなにあっさり婚約破棄を受け入れるなんて。ああ、でもお気の毒だったわ。さすがアリスティア」

「え？」

勝手に怒り出したセレスティナは、いつの間にか上機嫌になっていた。ふふふ、と意地悪く笑って彼女が手を頬に当てる。その不気味な表情に思わず声を上げてしまった。

「どういうこと?」

「アリスティアはオーラス様と再び婚約することになるのよ」

今、私とオーラス様がもう一度婚約する……そう聞こえた。どういうこと? オーラス様はセレスティナと婚約するのではなかったの? だから私とは婚約破棄をしたのでは?

戸惑う私を見て、セレスティナがますます不敵に笑う。

「あーら、何かしら? その顔は」

「……私とオーラス様が再び婚約ってどういうこと?」

「え? あぁ、そうよね、ふふ。言ってなかったわよね。よく聞きなさいアリスティア! 私は王妃になるの! つまり、残念ながらオーラス様とは婚約が出来ないの。だから、オーラス様はあなたに返してあげるわ」

「へ?」

セレスティナは得意満面の笑みでそう口にするけれど意味が分からなかった。

王妃になる? だからオーラス様を私に返す? どうしてそんな話になっているの?

『バカなのかな?』

『うん、バカでしょ~』

『ねぇねぇ、アリスティアー。まだ話聞く~?』

『飽きた』

あまりにも現実的ではない話に、硬直していた精霊たちが一斉に騒ぎ始める。

「ふんっ、その顔は信じてないわね？」

「当たり前でしょう……」

「いい？　よく聞きなさい！　我が家に王家から連絡があったのよ。一度私に王都に来てほしいんですって。しかもお迎えには王子様本人を寄越すからって。これはもうそういうことでしょう？」

「……王子様本人のお迎え？」

そこでようやく私は気付いた。精霊たちが言っていた高貴なお客様は王子殿下のことだったのかもしれない。

『え、王子もバカなの？』

『見る目あると思ってたのにー』

『残念王子だったぁ』

『がっかり～』

なぜか会ったこともないはずの王子様が、精霊たちに残念扱いされている。

「……殿下に見初められるような出来事でもあったの？」

私と違って社交界に出入りしているセレスティナのことだから、そういう話があっても不思議ではない。でも、王子殿下が男爵家の令嬢を選ぶなんて余程の理由がない限り有り得ない。

ふと疑問を呟くと、セレスティナはこてりと首を傾げた。

「さあ？　知らないわよ。私、王子様と話したことなんてないもの」

「話したことが……ない？」

「どこのパーティーでも、夜会でも話したことなんて一度もないわよ。それがどうかして？」

セレスティナのその言葉に私は絶句する。

会ったことも話したこともない。それなのに、私は未来の王妃よ、と語るセレスティナの思考が恐ろしくてしょうがない。

『ね、やっぱりコイツバカだよ～』

「……そ」

赤い髪の精霊の率直な言葉に思わず頷きそうになって慌てて咳払いをする。

「……な、なら、殿下はもうセレスティナを迎えに来たの？」

お迎えの準備だ、と本邸が騒いでいたのは数日前。それならばもうとっくに迎えに来ているはず。

それなのに何故まだセレスティナはここにいるの？

そう思って確認すると、セレスティナの顔は見る見るうちに真っ赤になった。

「煩いわよ！」

この怒り方。どうやらセレスティナを刺激してしまったらしい。

「……延期とか意味分かんない……それから連絡の一つもないし……イライラするから街に出て憂さ晴らししようとしたらアリスティアは男と楽しそうにしてるし……」

セレスティナは早口でぶつぶつと小声で呟く。つまり、セレスティナのこの謎の訪問は思う通りにいかないことについて私に当たり散らすためだったようだ。

それ以上は何も言わずに立ち尽くす。するとぶつぶつ呟いていたセレスティナはハッとしたような表情になって私に指を突き付けた。

「とにかく！　アリスティアのくせに調子に乗るんじゃないわよ！」

お決まりのセリフに苦笑しつつ、頭を下げようとすると精霊たちがさらにヒートアップする。

『ね、アリスティア～』

『燃やそ？』

『水責め！』

『もー、いいよねぇ？　どっちがいいー？』

どっちも良くないわ！　私は全力で首を横に振った。

『えー』

『じゃ、せめて追い払っていーい？』

「そりゃ、帰ってほしいけど……」

私が思わずそう呟いたその時だった。

ザバーッ、という音とともに大量の水がセレスティナの頭に降り注いだ。

「きゃぁぁぁ！　な、何!?　なんで!?」

豪奢なドレスはずぶぬれ、自慢のつややかな黒髪はびしょびしょ。おまけにぼたぼたと顔から水が滴っている。

「な、なんなのよぉ、なんでこんな意味の分からないことばかり起こるの!?　昔っからそう！　アリスティアを虐（いじ）めようとするといっつもこうなるのよ！」

聞き流せない言葉に精霊たちの方を見ると、彼らはただニコニコしている。

『はやく帰れー』

『もっと酷いことしちゃうぞ～』

『あはは～前もよく転ばせたよね～～』

転ばせた？　なんの話？

私の知らない話に空中を見上げると、「覚えていなさい！」とセレスティナはびしょぬれの重そうなドレスを引きずりながら本邸の屋敷へと戻って行った。そして、その背中になぜか何人かの精霊が付いていっている。

その場にポツンと残された私はおそるおそる残りの精霊たちを問いただした。

「……ねぇ？　セレスティナをよく転ばせてたって？」

『セレスティナはねー、昔からアリスティアに意地悪しようとしてたからー』

『僕たちが止めてたの～』

それ、初耳なんですけど!?

しかし精霊たちは『聞かれなかったから～』と言って無邪気にさざめいている。

ま、まさかお父様やセレスティナが私を殴らなかったのってこの子たちが理由だったの!?

驚きでむせてしまいそうになったのを、慌てて止める。それから先ほど目に留まった光景についても聞いてみることにした。

「あなたたちはいつもセレスティナを嫌いって言っているのに、どうしてセレスティナに皆がついていったの？」

セレスティナには見えていなかったようだけど、さっきはかなり多くの精霊がセレスティナについていった。今思えば、他の時でもセレスティナの周りに精霊がいることがあったような気がする。

『あれはかんしだよー』

『アリスティアに悪さしないか見張ってるの～』

「見張ってる？」

『そうだよ！』

『僕たち毎日、順番で交代してるー。悪いことしたら……』

意味深な言葉に乾いた笑いが出た。謎の行動は、まさかの私の守護のためだったようだ。

もうやっちゃだめだよ、と言うべきかどうか悩んだけれど結局言いそびれてしまった。

2　初めての友人

「……ふぅ、あと少しで完成ね」

ジェフに刺繍道具をたくさん買ってもらったお礼として、刺繍を贈る約束をした。

お礼のお礼とか、もはや何が何だか分からなくなっている気もするけれど、ジェフは私にとって初めての友達だから、たくさんの想いを込めている。

これを渡したら、またあの笑顔を見せてくれるかしら？　そんな想像をするだけでほっこりした気持ちになる。

『アリスティア～、それ完成したの～？』

『スゴい気合い入れていたよねぇ』

「もう少しで完成なのよ。約束の日に間に合いそうでよかったわ」

『そっかぁ、よかったねー』

『アリスティアの気合いがいつもより強かったから、祝福もたくさん込められてるね～』

「え？」

聞きなれない言葉に驚いて思わず刺繍の手が止まった。

「ねぇ、祝福ってなに？」

初めて聞いた話だった。祝福だなんて、響きからして只事じゃない。

『祝福は、祝福の加護だよぉ～』

『アリスティアが生まれた時に僕たちが授けたんだ！』

「生まれた時に!?」

今更ながら知る事実に私は目を剥いた。

私って呪われているんじゃなかったの？

それと同時に、国の中で流れている物語を思い出して背筋が寒くなった。祝福の加護を賜れなかった王子の話だ。呪いをもらった私とは何の関係もない話だと思っていたけど……

「ねぇ、それってかなり重大な話なんじゃないかしら？」

——まさか、殿下が授かるはずだったというその祝福の加護を……私が授かっている？

私は震え声で精霊たちに訊ねる。

『そーなの？』

『あー、だから王家のにんげんたち、騒いでたのかなぁ～？』

『うるさかったよねー』

『うんうん。とっても騒がしかったー』

『そうそう。どこの子供に授けたんだァァァって！』

『そんなの僕らの勝手なのにね！』

『仕方ないよねぇ。アリスティアの存在が居心地よかったんだもーん』

ふよふよと私の周りを飛び回り、楽しげに会話をする精霊たちに私は頭を抱えた。

精霊は気まぐれだけれど……まさかそんなことになっていたなんて。

「じゃ、じゃあこれに祝福が込められているってどういう意味？」

私はジェフの為に刺繍中だったハンカチを精霊たちに見せながら訊ねる。すると精霊たちは不思議そうな表情になった。

『え～？　今さら聞くの～？　アリスティアの刺繍した物には、力が込められてるんだよ～』

『今までの物もそうだったでしょー？』

『でも、やっぱりそれには特別強く力が込められてるね！』

——今までもそうだった。つまり私の刺繍には精霊の……祝福の加護が込められていたということだ。いいことが起きた、と言われたことや「幸せのハンカチ」と名前のつけられた自分の刺繍のハンカチに口元が引きつる。

眉唾だと思っていたけど、これが本来は王子殿下が授かるはずだったという力なの？

どうにかして王家に伝えなくてはならない話だけれど、ここから王都は行こうと思って簡単に行ける場所ではない。それに、もしもその力を『返す』ことになったら私の目の前にいるこの子たちが見えなくなるんじゃ……

『アリスティア～？』

『どうかした？　困ってるの？』

「う、ううん」

黙り込んだ私に、精霊たちが心配そうに声をかける。私はハンカチをギュッと握りしめた。

独りぼっちだった私の傍にずっとずっといてくれたこの子たちはかけがえのない大切なお友達だ。

——だから、私からこの子たちが奪われたり取り上げられたりしたら、絶対に耐えられない。

そうだ。これまでの十七年間、何もなかったのだから、王家はもう諦めているかもしれない。

どうせ、この先も両親は私を社交界に出さないし、アリスティア・ステファドール男爵令嬢としてこのままこれからもひっそり生きて行けば……きっと誰にも見つからない。

だけど、どうしても気になってしまう。本来授かるはずだった祝福の加護をもらえなかった王子様はこの十七年間、どんな思いで過ごして来たのだろう。

周囲から冷たく見られたりしていないかしら。代わりに力を授けられた私のことを恨んでいるだろうか……

なんとしてでも王家にこのことを伝えなければと思う心と、精霊たちを失いたくない心で身が裂けそうだ。一気に気持ちが暗くなり俯くと、精霊たちが私の周りにたくさん近寄ってきた。

『ねぇねぇ、アリスティアー』

『僕たちは、アリスティアを虐めるやつは許さないー』

『アリスティアを守るよ、だから笑ってー？』

「みんな……」

その言葉を嬉しいと思いながら、まだ見ぬ王子への罪悪感が募る。

それでも私はもう少しだけ精霊たちと一緒にいたいと思ってしまったのだった。


「ミランダさん、こんにちは」

「あぁ、ティアちゃん！　待ってたよ」

翌日、刺繍したハンカチを持ってお店を訪ねると、ミランダさんは待ってましたと言わんばかりに私を出迎えてくれた。

「どうかしましたか？」

「いや、もう本当にこれ凄い人気でねぇ……このところ店に出すと即完売してしまうんだよ」

「えっ⁉」

「噂がどんどん広まってて、どうやらお貴族様もこっそり買いに来ているようだよ」

「もう少し納品数を増やせるように頑張りますね……！」

加護の力のおかげで本当にささやかな幸せを届けられると私は知った。それにこれが祝福の加護のおかげだと知ったからなおさらだ。王子殿下が加護を持っていた時には及ばなくても、少しでも多くの人にささやかでも幸せを届けたい。

そう決意したのと同時に、カランカランとお店のドアが開く音がした。

「あれ、ティア？」

「ジェフ！」

何故かジェフが一人でお店に入って来た。

「ティアのハンカチを売っているというお店を一度見ておきたくて寄ってみたんだ。まさか、ティアが来る日だとは思わなかったけど」

「……ジェフは一人なの？」

「うん、ヨハンは撒いてきた」

「え！」

それって駄目なやつなのではないかしら。ヨハンさんが今頃必死で捜してるのでは？

その思いを込めて視線を向けると、ジェフは悪戯っぽい笑みを浮かべた。

「後でたくさん怒られておくよ」

「……もう！　また怪我したらどうするの？」

「そうだなぁ……その時はまた、ティアが助けてくれる？」

ジェフは笑顔でとんでもないことを言ってくる。ちょっとイタズラっぽい笑顔な所が憎めない。

「もう倒れている姿は見たくないわ」

「うん、分かってるよ。僕だってティアに心配はかけたくないからね」

あ……笑顔。ジェフの甘い笑顔に頬が熱を持った気がする。

すると精霊たちがジェフにじとっとした視線を向けた。

『こらー』

『図々しいぞ～』

その声を聴きつつ頬の熱を冷ましていると、ジェフが私を見て首を傾げた。

「……そうだ、ティア！　今、まだ時間ある？」

「え？」

ほんのり熱を持った頬を必死に冷ましていると、ジェフが少し興奮気味に訊ねてきた。

「ちょっと行ってみたい所があるんだ。本当は一人で行こうと思っていたんだけど」

「行ってみたい所？」

「うん、もしよかったら一緒に付き合ってくれると嬉しい」

「構わないけれど……一人でなくてもいいの？」

ヨハンさんを撒いてくるくらいだもの。本当は一人になりたかったのでは？　そう思った。

「いいんだ。むしろティアとなら一緒に行きたい」

またまた、甘い笑顔でそんなことを言うものだからますます胸がドキドキする。

『アリスティアが赤くなったぁ～』

『照れてるのー？』

そこ！　今は静かにしてちょうだい!!

私が涙目で軽く睨むと精霊たちはとても楽しそうに笑う。

『照れてるー』

『プルプルしてかわいいね～』

「ティア？　どうかした？」

「えっ？　い、いえ、なんでもない……えっと、それでジェフはどこに行きたいの？」

動揺していることを悟られたくないし、下手に追及をされても困る。慌てて話題を変えた。

するとジェフは特に追及することなく、南を指した。

「えっとね……あっち」

ジェフの指した方向は街の中心部とは反対方向だ。

「街ではないの？」

「うん」

そう言いながら、ジェフは店を出るとそっと私の手を握った。突然の行動にびっくりして足を止めてしまう。

「ジェ……ジェフ！　手、ててて手を……！　ど、どうして？　私たちはと、友達で……！」

よく分からないけれど、手を繋ぐって特別な人とするものでしょう？

突如として与えられた温もりに体を硬直させると、ジェフは少し考えてから真剣な表情になった。

「……ティア。君は知らないかもしれないけどね」

「え？」

「――友達同士もこうやって手を繋いで歩くものなんだ」

し、知らなかった……友達ってそんなに距離が近いものだったのね。

「だからね、これでいいんだよ」

ジェフはにっこり笑って、さらにギュッと手を握る。その温もりと力強さにまたどきりとしてしまって慌てて俯く。自分の気持ちが分からず、黙り込んだ私をジェフがそっと覗き込んだ。

「……えっ！　めちゃくちゃ可愛っ……」

「ジェフ？」

今度はジェフの方が顔を真っ赤にしたと思ったら勢いよく顔をそむけられた。

「……ティア、い、行こう。もう僕の心臓が持たない！」

「え？　う、うん？」

『あはは～二人とも真っ赤だぁ～』

『でも、友達ってそんなだったっけー？』

『ま、いっか！』

精霊たちのそんな呑気な声を聞きながら、ジェフには手を離されるどころかますます強く握られたまま私たちは歩き出した。


「ティア、ちょっと坂を登るけど大丈夫？」

「えぇ、大丈夫」

ジェフが行きたかったという所は、街から離れた所にある小高い丘の上だった。そんな勾配のきつい坂でもないので私でも歩きやすいのが救いだ。

「……昔から高い所が好きなんだ」

歩きながらジェフがポツリと言った。

「悩み事が多くなった時に高い所に登って街を見渡すとさ、自分の悩みなんてちっぽけだな、って思えてくるんだ」

そう語るジェフから私は目を逸らせない。それに……

「高い所に来たかった。それはつまり……今、ジェフは何かに悩んでいるの？」

私の問いかけにジェフは、一瞬大きく目を見開いた。私が触れるべきではなかった気がするけれど、聞かずにはいられなかった。

ジェフは私に向かって寂しそうに笑う。

「……そう、だね。悩んでることはある。僕自身はそれを望んでいるのに、きっと絶対に叶わない……叶えたいと願うことすらしてはいけないんだ……」

「……ジェフ？」

「どうして僕は……」

ジェフはそこで言葉を切った。

どうしてそんなに辛そうな顔をするの……？

胸がキュッと締め付けられる感覚に顔を顰(しか)めた。それにジェフは一体何者なんだろう？　何を抱えてそんなに苦しそうなのだろう？

ただ、今の私に言えることは少ない。私は初めてジェフの手を強く握り返した。

「そんな顔しないで。ジェフには笑っていてほしい」

私は繋いでいない方の手でそっとジェフの頬に触れる。そんなジェフの瞳は驚きのせいか大きく目を見開いたままだ。そんな彼の瞳を見つめながら私は口を開く。

「あのね？　これは受け売りなんだけど……たくさん辛いことや苦しいことがあった時には、たくさん嘆いても構わないけど、その後、最後は必ず笑うといいんだって」

「え……？」

「そうしたら、どこからか必ず幸せはやって来るからって」

両親から怯えられた時も、セレスティナに馬鹿にされた時も、離れに追いやられた時もどうして私が？　って、たくさん嘆いた。でも、その度に精霊たちはこの言葉で励ましてくれた。

だから私は笑った。そうすれば精霊たちは……一緒に笑ってくれたから。

そうして私は今日までひっそり生きてきた。

家族との関係は修復出来なかったけれど、代わりに打ち解けることが出来た人がいてそしてそこから繋がった今の私がある。

「一人で笑うのが大変なら、私がジェフを笑顔にさせてあげるわ！」

「……ティアが？」

「そうよ！　友達ってそういうものでしょ？　違うの？」

私がそう答えたら、ジェフの目がますます驚きで大きく見開く。

「違わない…………と思う」

ジェフのその声は少し震えていた。

「でしょう？」

安心してほしくて私が笑顔を向けると、ジェフが手を離して突然私を抱きしめた。

「ジ、ジェフ⁉」

こ、これは友達の距離？　どうなの？　分からない！　混乱する私の気も知らず、ジェフはさらに力を込めて私を抱きしめる。

「ティアだったら……のに」

「え？」

最後の方がよく聞こえなかったので聞き返した。

「どうしてティアじゃないんだろう……ティアが……だったら……」

ジェフの独り言のほとんどは、意味がよく分からなかった。

たくさん私の名前が呼ばれるのは不思議だったけれど、抱えている物を吐き出せているならいい。

次に顔を上げる時は、あの眩し過ぎるくらいの笑顔を見せてくれるといいな、と願って私はジェフを抱き締め返した。

それからしばらく時間が経った。空が少しずつ夕方に近づいて、淡い橙色に染まっている。私にしがみついていたジェフがゆっくりと顔を上げた。

「……ティア。ごめん、とても情けない所を見せてしまった」

「……もう、大丈夫？」

「大丈夫。だから進もうか」

「うん」

私たちは再び手を繋いだまま頂上を目指した。

「ティア、こっちに来てごらん。街が一望出来そうだ」

「ええ！」

頂上に到着した後、ジェフに手招きされたので近寄ると目の前に広がるのはステファドール男爵領の街。その景色を前に私は小さく息を呑む。

こんな風に自分の育った領地を……街を見ることなんて今まで一度もなかった。

「凄いわ！　上から見る街並みがこんなに綺麗だなんて知らなかった！」

「新鮮な気持ち？」

「とっても！」

興奮したままにそう答えると、ジェフは「それはよかった」と優しい顔で微笑むものだから、また私の心臓がドクンッと大きく跳ねた。

そんな気持ちを誤魔化すようにして私は続ける。

「確かにこんな風に街を見下ろしてると、自分がちっぽけな存在に思えてくるわね」

「ティア……」

ジェフは私の名前を小さく呟いて静かに見つめる。

そんなジェフの視線から私も顔を逸らせなくて、私達は少しの間無言で見つめ合った。

「ティア」

「あ……」

やがて、ジェフの手が私の頬に触れた。撫でられると少し擽ったい。

「なんだろう……日の光のせいかな？　いつも以上にティアがキラキラして見える」

「キラキラ？」

「うん。まるで、この世の人ではないような……そう、まるで例えるなら精霊……？」

別の意味でドキッと心臓が大きく跳ねた。

「せ、精霊って……」

ジェフの方こそ、精霊と見間違うくらい綺麗な顔をしているのに！

『ねぇねぇ、今、呼んだぁ～？』

「っ！」

突然、精霊がひょっこり現れたので驚いた私は声にならない悲鳴をあげる。

そういえばずっと彼らが静かだったことに今更ながら気付く。

そしてその声に釣られたのか他の精霊たちもふよふよと集まって来た。

『呼ばれた気がしたよぉ』

『えー？　呼んでない？』

『僕たち大人しくしてたー』

『褒めて褒めて？』

何故か褒めてほしいと要求されている。

『なんかイイフンイキってやつだったからね～』

『でも、呼ばれたから出て来たよ！』

精霊たちは空気を察して大人しくしていた。そんな衝撃的な行動に私は驚きを隠せない。

「ティア？　どうかした……あ、ごめん。僕が変なことを言ったから、かな？」

「え!?」

「この世の人ではないような……なんて言い方は駄目だよね。でも上手い表現が出て来なくてさ」

「え？　違っ……そんなことはないわ」

私は必死に首を振る。固まっていたのは精霊の行動のせいでジェフの発言のせいではない。

「ただ、本当にティアの澄んだ瞳に吸い込まれそうに思えたんだ」

「ジェフ……？」

私たちはまた、互いに見つめ合うとさっきより顔が近づいて――

「あぁぁぁ、ようやく！　見ーつーけーまーしーたーよー!?」

まるで地を這うような低い声に私とジェフの肩がビクっと大きく跳ねる。振り返るとそこには息を切らせたヨハンさんがこちらに向かって走ってきていた。

「こんな所であなたは何をしているんですか、ジー……ジェフ様ぁ!!」

「……ヨハン」

ジェフが頭を抱える。

「どうしてここが分かったんだ？」

「分かりますよ、分かりますとも！　思い悩んだ時はいつも高い所！　あれだけ急かされたら、そりゃ落ち込みもするでしょう。街の方に聞いて高い所を必死に探しましたとも！」

ジェフはその言葉に今度は悔しそうに唇を噛む。

急かされた？　それは、ジェフがステファドール男爵領に来た用事のことかしら。もしかしてその用事が済んだら……ジェフは帰ってしまう？　そう思うと私の胸がまた締め付けられる。

思わずジェフの手を強く握ると、ヨハンさんがさらに険しい表情になった。

「お二人の気持ちは分かりますがいいですか？　そもそもあなたたちはーーぅぉおッ？」

ヨハンさんがお説教のような口調に切り替わると突然、彼は何もない所でベシャッと転んだ。まさか！　と思って空を見上げると精霊たちが腕組みをしている。

『うっさいな～』

『アリスティアが悲しい顔したぁ』

どうやら精霊たちの仕業らしい。

「ヨハン何してるんだ？」

「わ、分かりません、急に足が……ぁあぁ⁉」

起き上がろうとしたヨハンさんは再び転ぶ。

「な、何だこれ？　うわぁ！」

どうやら起き上がろうとする度に足がズベッと何度も滑って、起き上がれなくなっているようだ。

もう止めてあげてと私は精霊たちに目線で訴える。

『仕方ないなぁ』

『ちぇっ。アリスティアの邪魔したくせにー』

どうにか思いは伝わったみたいで大人しく引き下がってくれそうだけど、すごく疲れた。

「ティア？　どうかした？　どこか酷く焦っている様子だったけど」

「そ、そう見えた？」

だって、精霊たちがヨハンさんを……とは言えない。私はなんて答えたらいいのか分からず俯く。

「ヨハンは気にしないでいい。勝手に足を滑らせただけだ」

「でも……」

「いいんだ、それよりも僕はティアとこうしていたい」

「あ……」

ジェフはもう一度私をギュッと抱き締める。とても温かい。

いつも抱き着いてくる精霊たちとは違う温もり。これは人の温かさ。

友達の距離だとかそんな難しいことは分からないけれど、私もジェフとこうしていたい。

そう強く思った。


「ここまででいいの？」

「ええ、家はもうすぐそこだから」

帰路に就いた私たちは屋敷の近くまで送ってもらいそこで別れる。

「そっか。それじゃ、ティア。次の約束の日に」

「うん。もうすぐ刺繍が完成するから楽しみにしていてね」

「ありがとう。楽しみにしてる」

微笑み合う私たちをヨハンさんは一歩離れた所から黙って見ている。私たちを見て何か言いたそうな目をしているけれど、転んでからの彼は終始無言だった。どこか怖くも感じる彼を見つめ返す。

「ティア」

ジェフに名前を呼ばれて視線を向けると、ジェフはいつもの甘く優しい笑顔で微笑んでいた。

「今日はありがとう。ティアに会えてよかった」

「私も。素敵な景色を見せてくれてありがとう」

「喜んでもらえてよかった。ねぇ、ティア……目を瞑って？」

「目を？」

ジェフの突然のお願いに私は首を傾げる。

「うん、お願い」

言われた通りに目を瞑ると、前髪にそっと手がかかる。そして……

私の額に温かい何かが触れた。

バチッと目を開けた私は額を押さえながらジェフから離れる。

「ティア？」

「い、い、い、今！」

ジェフはにっこり笑って答えない。

「……可愛いな。すごく……可愛い」

またそれなのーー！　と叫びたくなる。

「本当に…………たいくらい……」

「ジ、ジェフ？」

ほんの一瞬だけジェフの笑顔が翳った気がしたけれど、ジェフはすぐに笑顔になった。

「それじゃ、ティア、またね」

「ティアさん、失礼します」

そう言ってジェフとヨハンさんは帰っていく。

残された私の頬は熱いままで火照りが治まる気配はない。

「もう！　なんてことをするのよ！　キスは絶対に友達の距離じゃないわよ！」

ドキドキが全然治まってくれない。どうして私は知り合って間もない男の人にこんなに心を奪われているんだろう。元婚約者にはこんな気持ちをいっさい抱かなかったのに……どうして……

――その時だった。

『アリスティアーー大変だよぉ!!』

『早くお家に戻ってぇぇー』

「え!?」

離れの方から凄い勢いで精霊たちが飛んで来た。ずっと私の側についていた精霊たちとは違う。セレスティナについていた精霊たちだろう。

私が慌てて離れに戻ると、そこにはご丁寧に部屋の中まで侵入しているセレスティナがいた。

「あーら、残念。もう、帰って来ちゃったの？　まだ途中だったのに」

「……勝手に部屋に入って何をしているの？」

「勝手に……って、この離れも我が家の一部でしょう？　私が入ってなんの問題があるの？」

セレスティナは不敵に笑いながら私の前で鍵をちらつかせた。

「だとしても、私の部屋を荒らすのは違うでしょう！」

部屋はまるで物取りの被害にあったような有り様だ。あまりの惨状に顔を顰めると、セレスティナがむっとした表情になった。

「……生意気ね。最近のアリスティアはどこか調子に乗っているのではなくて？　会っていた男のせいかしら？　あぁ、もしかして今日も会っていたとか？」

ずばりの言葉に黙り込む。セレスティナは当然私のそんな様子を見逃さなかった。

「図星みたいね？　これは早くオーラス様との復縁を進めてもらわないといけないわね。万が一アリスティアがその男と結婚するなんて言い出したら冗談じゃないもの」

セレスティナはゾクリとするような笑みを浮かべてそう言った。

『アリスティア〜』

『やっちゃう？』

『ムカつくよー』

精霊たちも我慢の限界なのか今にも何かしでかしそうだ。とはいえここで水をかけて部屋の中を水びたしにされるのは困るし、私だって、自分の力で立ち向かいたい。

とりあえず今は大人しくしていてほしいと目で訴えながら、セレスティナと対峙する。

「私の結婚にセレスティナがなんの関係があるの？」

どうしてセレスティナにそんなことを言われなくてはならないの？　怒りをぶつけるように問うと、セレスティナは不思議そうに首を傾げた。

「決まってるでしょう？　アリスティアが幸せになるなんて許せないからよ」

「……え？」

「だから、私はオーラス様を誘惑したのよ」

「……誘惑？」

セレスティナが彼に何をしたのかは知っていたけど、まさかこんなに堂々と認めるなんて。

「災厄をもたらすアリスティアなんて、要らないじゃない！　さっさと処分されてしまえばよかったのに！」

それは、子供の頃からずっと言われ続けてきた言葉だった。言われて傷つく度に精霊たちがいつも慰めてくれた。皆が私を必要としてくれているから……だからここにいていいんだって必死に自分を宥めてきた。

——ティア！

甘く優しく私の名前を呼ぶジェフの声。

そうだ。今は私を必要としてくれるのは精霊たちだけじゃない！

そう思うと、不思議と力が湧いて、私はいつの間にかセレスティナを睨みつけていた。

「……何よ、その反抗的な目！」

「私は……私をちゃんと必要としてくれている人がいる……要らない子なんかじゃない！」

「はぁ？　何言ってるの、お父様もお母様も私も……」

「あなたたちの愛なんて要らない！」

気付けば私はそう怒鳴っていた。反論されたセレスティナの顔がみるみる怒りに変わっていく。

「本当に腹の立つ……」

「何を言われても、私はもう負けないし、悲しんだりしないわ！」

「ふーん。ねーえ？　ところでアリスティア。これはなぁに？」

「……え？」

セレスティナが手にしていた物を見た私の顔色がサッと変わる。

「家探ししてて、見つけちゃったぁ」

そんな私の顔色を見たセレスティナはニヤリと黒い笑みを浮かべ、私はひゅっと息を呑む。

セレスティナが手にしていたのは、私がジェフにと心を込めて刺繍していたハンカチだった。

「これ、今領地で流行っている幸福のハンカチなんです！　即完売しちゃう人気商品なんですけど、私、殿下の為に頑張って手に入れました～！　どうぞもらってください！」

そう言って目の前で微笑む、どこかティアに似た顔立ちで真っ黒な髪色の女性……ステファドール男爵令嬢セレスティナが僕に差し出したのは、どこからどう見てもティアが刺繍して、あのお店に卸しているハンカチだった。

持っているとちょっとした幸せを呼ぶと言われていて、まるでティアの綺麗な心がそのまま表れているような……そんないつものハンカチなのにこれはどこか違う。そんな気がしてならない。

「殿下？　どうされました？」

「……いや、わざわざありがとう」

僕は躊躇（ためら）いがちにそのハンカチを受け取る。

「喜んでもらえてよかったです！　殿下のために頑張った甲斐がありました～！」

ふふふ、と嬉しそうに笑う彼女の顔立ちはティアに似ているけれど、雰囲気はまったく違う。こっちの女性には微塵も惹かれるものがない。

——ティアは今、何をしている？　僕の我儘でお願いした刺繍をしてくれている所だろうか？

「殿下ぁ？」

僕が上の空だったからか、ステファドール男爵令嬢が少し怪訝そうな顔で呼びかけて来た。

——ところで、どうして彼女は鼻声なんだろう？　風邪でも引いているのだろうか……

何故か目の前の彼女は鼻声だった。

「あ、いや、すまない。なんでもないんだ」

「そうですかぁ？　……クシュン、あ、すみませーん……」

でもそんなことより、ティアに会いたい。いずれ婚約を結ぶ相手を前にしているはずなのに、僕の心はちっとも動かない。彼女の具合が悪そうなのに心配する気持ちすらまったく湧いてこない。ずっと僕の心の中はティアでいっぱいだった。

——あの日、僕は天使に出会った。

護衛を撒いて単独行動をした結果、しくじってしまい裏路地で倒れていた所を、僕はティアに助けられた。

目を開けた時に、飛び込んで来た彼女の姿を見て天使だと思った。

日に当たってキラキラ輝く金の髪に、澄んだ青空のような色の瞳。場所は路地裏のはずなのに、自分は一瞬天国に来たのかと勘違いしたほどだ。

それくらい、ティアは綺麗で……僕は一目で心を奪われた。目を覚ました時、ティアの周りにはキラキラした何かが輝いていたように見えたから、余計に天使のように思えたんだ。

それでも、僕は本当の名前を彼女に名乗ることが出来なかった。

僕の本当の名前は、ジーフリート・エブゲニア・ウィストン。この国の第一王子だ。

でも僕は、代々王家が授かってきた精霊による祝福を授けられず、愛し子になれなかった。

精霊が気まぐれを起こしたと聞いたけど、どうして僕の時だったんだと言いたくてしょうがない。

それでも立派に国を治める君主になれるよう、勉学も剣術も人一倍力を入れて来たつもりだけど、国を治めるには精霊に愛される『愛し子』の存在が欠かせないのだと言う。

——ほら、殿下は愛し子ではないから……

——将来が不安ですなぁ。愛し子ではない王が治める国……

そんな声が周りから消えることはなく、どんなにどんなに努力を重ねても、周囲の僕を見る目は変わらない。哀れみ、蔑み、嘲笑……不憫な王子だと何度言われたことだろう。

そして僕がもうすぐ十八歳の誕生日を迎え、立太子の儀も迫る中で、王家は本格的に愛し子を見つけなくてはならなくなった。どんな形でも、愛し子には王のそばに居てもらわないといけない。

いつ愛し子が見つかってもいいように、そして、その愛し子が女性だった時のために、僕の婚約者の席はずっと空席のままだった。

しかし、先月もはや何度目かも分からない王家主催のパーティーのあとで父上が僕を呼び出した。

「ジーフリート！　ついに愛し子を見つけたぞ！」

とうとうこの日が来たんだな。真っ先に感じたのはただそれだけだった。

「……愛し子を見つけた？」

「あぁ！　これはもう間違いない。今夜のパーティーに参加していた。あの精霊の数……今まで見て来た者たちとはまるで桁が違う！」

父上はとても興奮していた。

それはそうだろう。長年探していた愛し子が見つかったのだから。

「急いで調べさせたぞ。なんとやはりお前と同じ誕生日だった！　全てが愛し子と合致する！」

「……その人は男性ですか？　女性ですか？」

「ハッハッハ！　喜べ、ジーフリート！　愛し子は女性だ！　つまりお前の妃!!　愛し子も婚約者問題もこれで全て解決だ！」

父上は嬉しそうだけど、僕はちっとも嬉しくなかった。空白のままだった婚約者の席が埋まるにしたって、僕の意志じゃない。

「……どこの令嬢なのですか？」

「あぁ、愛し子はステファドール男爵家の令嬢、セレスティナ嬢だ！　お前の妃なのだからお前が迎えに行くがいい」

「え？」

すると、気の乗らない僕を試すかのように父上はそう言った。まるでそうすることが当然だという声色に戸惑ったが、結局は父上の言う通りに事が進んだ。

馬車で男爵領に向かう間、僕はステファドール男爵領について自分でも調べてみた。

男爵の手腕が特別良いわけでもないのに、領地は非常に栄えている。愛し子のいる土地は、自然災害が少なく食物がよく育つというが、男爵領はまさにその通りの土地だった。

しかも、それが顕著に表れ始めたのが今から約十八年前からだと言う。

セレスティナ嬢が愛し子だとしたら、時期はぴったりと一致する。つまり本当に彼女が精霊の愛し子なのだろう。双子の姉がいるという記載もあったけれど、それ以上の情報は出てこなかった。

そうして辿り着いた男爵領で僕は失敗した。辿り着いて早々、暴漢に腕を切られてしまったのだ。

だけど、そこで僕は天使……ティアと出会い、そして恋に落ちた。

だけど、僕の婚約する相手はティアじゃない。セレスティナ・ステファドール男爵令嬢だ。

愛し子が男性だったらよかったのに。そうすればこんなに苦しむこともなかった。こんなにも僕自身がティアに惹かれてしまっている以上、セレスティナ嬢を愛せる自信がまったくない。

僕はセレスティナ嬢と上の空のまま別れ、手にしていたハンカチを強く握り締めた。

セレスティナ嬢に押し付けられたものではなく、あの日、ティアが手当てしてくれた時のハンカチだ。どうやら彼女の刺繍したハンカチを使うと『幸運が訪れる』というジンクスがあるらしい。

本当に幸せが訪れるのなら、ティアと幸せになりたい。

でも僕にはそう願うことすら許されない。

もうすぐもらえる刺繍と、このハンカチだけを思い出に僕はティアではない女性と共に王都へ帰る事になるのだろう。

（ティア……）

僕に残された時間はあと僅か。

ティアとの別れはすぐそこまで迫って来ている。

◆◇◆

セレスティナが部屋に乱入してハンカチを強奪していったあと、怒り狂った精霊たちによってセレスティナはびしょぬれにされたけど、最後までハンカチは手放さず、持ち去られてしまった。

その後の本邸は妙に騒がしかったし、セレスティナはびしょぬれにされた割には上機嫌だったので、きっと高貴なお客様とやらが来ていたに違いない。

しかしそれも私には関係のない話だ。私は残っていた布と糸を使って刺繍を続けていた。

幸いなことに多めに買っておいたジェフの瞳の色——アメジスト色の刺繍糸は少しだけ残っていたのだ。

『アリスティア～寝ないのぉ？』

『もう夜中だよー』

「うん……あと少しだからもうちょっとキリのいい所まで頑張りたいの」

私は作業の手を止めずにそう答える。フヨフヨ漂う精霊たちは私の刺繍を見ながら言った。

『アリスティアはジェフが大好きなんだねぇ』

「……え？」

突然の言葉に私の手が止まる。

『前のやつもそうだったけどー』

『アリスティアの大好きがいっぱい入ってる～』

『フワフワして気持ちいい～』

「え？　え⁉」

だ、大好き？　私がジェフを？　その言葉と同時に額にキスをされた時のジェフの表情を思い出して心臓が飛び跳ねる。それを慌てて振り払って、私は精霊たちを見上げた。

「ねぇ待って？　その、ジェフは友達……なのよ？」

『友達は大好きにはならないのぉ？』

『ジェフといる時のアリスティアは可愛いよ～』

『真っ赤になるしねー』

「そ、そんなに私はジェフといると顔が赤いの？」

『『『赤ーい！』』』

そう口々に言われて、ますます戸惑ってしまう。ジェフの顔や声を思い出してドキドキしたりするのは彼が好きだから？　だからジェフの幸せを私はこんなにも願っているの？

『アリスティアの大好きがたくさん詰まったそれ、喜んでもらえるといいね！』

「ふふ……ありがとう。前のハンカチに込めた思いも含めて頑張るわ！」

私は精霊たちに微笑みながらそう宣言する。いずれにせよ彼の幸せを願う気持ちは変わらない。

何かを背負っていそうなジェフの心が少しでも軽くなるように……そして喜んでくれますように。

そして数日が経ち、約束の日がやって来た。

「おはよう、ティア」

前回と同じ場所で待ち合わせたら、今日のジェフは馬車の中ではなく外で待っていた。

「お、おはよう」

破壊力満点の笑顔で挨拶されて胸がドキドキしてしまう。精霊たちが余計なことを言ったせいだ……と思いながら俯くと、ジェフに手を差し出された。

いつの間にか手を繋ぐのが当たり前になっていることにようやく気が付いて、私たちを見るヨハンさんの苦笑にも気が付いてたけれど、私はそのまま彼の手を取って馬車に乗り込んだ。

ただ……

「……ねぇ、ジェフ」

「うん？」

「あのね？　そ、その……落ち着かないのだけど……」

「何が？」

馬車の中でジェフがずっと私を見つめている。そんなにじっくり見られて落ち着けるはずがないのに、彼はまったくもってそのことを理解していないようだ。

「ジェフ様は人の視線に慣れているせいで抵抗がないですからね。ピンと来ないんですよ」

「え？　それは、どういう……？」

「ジェフ様。一般的に人をじろじろ見るのは良くないことですよ」

すると前の席に座ったヨハンさんが呆れ声でジェフに声をかけてくれる。

ジェフは、少しだけ驚いた表情を見せると申し訳なさそうに頬を掻いた。

「ごめん、不躾だった」

「あ、謝ってほしかったわけではなくて……その、ちょっと恥ずかしかっただけだから」

でも……人から見られることに抵抗がない？　一瞬疑問に感じてから、すぐに納得する。

「ジェフのその美貌なら、そうなるわよね！」

「「へ？」」

「だって、ジェフはとてもキレイな顔をしているんだもの。外を歩いていて周りが注目しないわけないわよね」

「「……」」

私の言葉に何故かジェフとヨハンさんは顔を見合わせて黙り込んでしまった。

「な、なに？　どうして黙るの？　私、そんなに変なことを言った？」

しばらくすると、堪えられなくなったのか、ジェフがフハッと大きな声で笑いだした。

よくよく見ると、ヨハンさんも肩を揺らして震えている。

「な、なんで笑うのーー!?」

「ハハッ……いや、悪い……バカにしてるわけじゃなくて……フハッ」

酷い！　バカにしてないと言われても、そんな風に笑われたらそうは思えない。

そんな私の心を読んだかのようにジェフは笑いながら続ける。

「だから、本当に違うって。……本当にティアは可愛いなって思ったんだよ」

「なっ!?」

「うん、可愛い…………あぁ、本当にティアがいいな。君を連れて帰りたい……」

後半の言葉は声が小さくてよく聞こえなかったけれど、きっと恥ずかしいことを平気で口にしていたに違いない。

「……前から思っていたけど、そんなことは軽々しく言葉にしちゃ駄目だと思うわ」

「なんで？　だって本当のことだよ、ティア。君はとても綺麗で可愛い人だ」

その言葉と、真剣な表情にまた心臓が跳ねる。

「僕が今まで出会った誰よりも綺麗で可愛い」

綺麗な令嬢を見慣れているはずの貴族のお坊ちゃまが何を言っているのー!?　と思わず言いたくなってしまった。私はため息を吐きながら続ける。

「ジェフみたいな綺麗な顔の人にそんなことを言われたら、皆、勘違いしちゃうわね」

「そうかな。しないと思うけど？」

しかし何故かジェフは不思議そうに首を傾げる。

「するわよ！　ジェフは自分の顔のよさが分かっていない！」

「いやいや、そうじゃなくて。僕はティア以外にこんなことは言わないから、さ」

「……へ？」

言われたことの意味が分からず思わずポカンとしてしまう。

「ティアだけだよ。だから他に勘違いする人なんていない」

ジェフはそんなとんでもないことを言いながら、私の髪の毛をひと房手に取るとそっと口付ける。

何をするの！　と言いたかったけれど言葉が出てこない。

息を詰めて彼を見つめると、アメジスト色の瞳が私を捉えた。

「……ティアは勘違いしてくれないの？」

「す、するわけないじゃないっ!!」

そう答えた私の顔は絶対に真っ赤だった。

「そっか、残念」

ジェフは微笑んでそう口にしたけれど、そこから彼の真意はうまく読み取れそうにない。するりと髪から手を離されると、どこか寂しく感じてしまう。私はその寂しさを振り払うように首を振って、冗談めかした声を作った。

「……もしかしてちょっと疲れてるんじゃない？」

「あー、うん、そうかな……そうかも。思うようにいかないことが多くて」

すると思いがけず、ジェフがどこか寂しそうな顔で笑う。

まさかの肯定に一瞬動きを止めてしまう。

もしかしたら、彼がステファドール男爵領に来た目的のせいかしら。気にはなるけれど聞いてはいけない気がして今も聞けずにいたのだ。

なんて返せばいいかわからず、中途半端に手をさまよわせると、ジェフがくすりと笑った。

「だから、癒して？」

「え？」

そう言ったジェフに抱きしめられて、目を瞬かせる。ジェフは私の顔に頬をすり寄せながら、長く溜息をついた。

「ティアが刺繍したハンカチを持ってると、不思議と疲れが取れると言うか……身体が軽くなる。でもこうしてティアに触れている時が一番幸せで癒されるんだ」

なんてことを言うの――こんなことを言われて「私に触れないで！」などと言える？

私には言えないわ。

手を彼の背中に回すことも出来ないまま固まっていると、精霊たちの楽しげな声が聞こえてくる。

『アリスティア仲良し～』

『アリスティアの近くは心地いいもんねー』

『僕たちも仲間に入れてぇ』

『いっしょー！』

何かが違う気がするけれど、ジェフに続けとばかりに精霊たちも私に抱き着いてきた。

愛らしくて可愛い精霊たちにくっつかれると安心する。でも、ジェフにこうされると……

ジェフはかなり疲れているのかさっきよりも力を込めて抱きしめて来た。

あまりにもドキドキし過ぎてジェフに伝わってしまいそうだ。

もっと……ううん、ずっとジェフの側にいられたらいいのにと願ってしまう。

――アリスティアはジェフが大好きなんだねぇ。

この間、精霊に言われた言葉を思い出す。

そうね、私……ジェフが好きみたい。これからもずっと一緒に過ごしたい……

でも、それは決して叶わない願いだ。私は彼に本名すら話していないし、ジェフも家名を名乗ったりはしない。私たちはお互いに本当の素性を知らないままだ。

……それでも好き。いつか用事を終えてここから去って行くジェフを笑顔で見送るしか出来ないと分かっていても、この気持ちを消すことは出来ない。

ヨハンさんが見て見ぬふりをしてくれていることに感謝しながら、私はそっとジェフの背に手を回した。

――しばらく時間が経ち、かたん、と馬車の車輪が段差に乗り上げた音がして、ジェフの体が弾かれたように動いた。

「わっ、あっ、ご、ごめん……！」

もしかしてずっと抱き合っていることに今気が付いた？　今まで余裕な表情が多かったジェフの赤面におかしくなって吹き出してしまう。それから気にしていないことを示すように笑顔で首を振って、街に差し掛かった馬車の外を見つめた。

「今日はどうするの？　またお買い物？」

「うん……それもいいけど」

ジェフは、まだ赤い顔でそっと私の手を取り指を絡ませながらぎゅっと握る。

「この間みたいにティアと手を繋いで街をブラブラ歩きたい」

「……ジェフは時々、強引ね？」

「そうかな？」

「そうよ」

私がちょっと拗ねた声を出すとジェフがまたまた愉快そうに笑った。

「……デートみたいだね」

「デ、デ、デート!?」

それは、想い合う男女が日時を決めて会うという……ボンッと私の顔が赤くなる。

『また赤くなった〜』

『デートだってぇ』

囃し立てるのやめてーー！　そんな気持ちで精霊たちを見たら、皆ニコニコ嬉しそうに笑っていた。

なんでそんなに嬉しそうなのよーー！

『アリスティアが幸せだと僕たちも嬉しい』

『今、幸せいっぱい伝わってくる』

『幸せ嬉しいね、アリスティア』

そう言われて今、幸せなのだと実感する。誰かと過ごしてこんな満たされた気持ちになるのなんて初めてだ。精霊たちの言葉に動揺していると、ジェフが戸惑ったような顔で訊ねてくる。

「ティア？　デートだと言ったの嫌だった？」

「そ、そ、そんなことない……！」

「そっか！　よかった」

私の返事にジェフが今度はとても嬉しそうに笑ったので、胸がきゅんっとした。

その笑顔に自分の恋心を自覚してしまう。なんて厄介なのか。

好きな人の言葉に一喜一憂して、笑顔にときめいて……

繋いだ手から、私の初めてのデートの相手があなたで嬉しいって気持ちが伝わればいいのに。

でも伝わらないならば、自分の口で言わなければ。

「……ジェフ」

「うん？」

「私、デートなんて生まれて初めてだわ。ありがとう！」

私は今日一番の笑顔でお礼を言った。すると、ジェフがぐるっと勢いよく顔をそむけてしまう。

「ソ、ソレハコウエイデス」

どうしたの？　何か片言じゃない？　様子がおかしくないかしら？

そう思った私がジェフの顔を覗き込むとジェフの顔は何故か赤かった。

「……ティア。そんな無防備に男に……いや僕に笑いかけてはダメだ。覚えておいて？」

「どういう意味？」

目を白黒させていたら、ジェフの顔が近付いてきて——また額にキスをされる。

「……こういうことになる。分かった？」

「ワ、ワカッタ……」

今度は私が片言になる番だった。


そうして私たちは手を繋いで街を歩きながら、またしても立ち寄ったお店の品物を全て買い占めようとするジェフを止めつつも楽しい時間を過ごした。

少し休もうかと公園のベンチに腰掛けた所で、私はジェフに新しく刺繍をしたハンカチを渡す。

「ごめんなさい、ちょっと色々あって当初の予定と変わってしまったのだけど……」

「そうなの？　あ、これはもしかして、僕のイニシャルをアレンジしている？　それに僕の瞳の色の糸を使ってくれている……すごく嬉しいよ！」

ジェフが心の底から嬉しそうな顔で言うので、ますます胸がときめく。そんな顔を見せられるとセレスティナに奪われた方のハンカチもあげたかったなんて思ってしまう。

そうしたら、あなたはもっともっと笑ってくれたかしら？

ハンカチを眺めているジェフを見て微笑むと、ジェフが視線を私に移した。その表情は一緒に手を繋いで歩いていた時の優しい笑顔とも、さっきの赤面とも違って見える。

「……ティア、ありがとう」

「ううん、私の方こそ……え？」

私が微笑むと、ジェフが一瞬だけ陰のある表情になってからそのまま、また私を抱きしめた。その腕の温かさと、周囲の目が気になって思わず身を固くする。

「ジェフ！　あなた、また……」

「――――聞いて？」

ジェフの声があまりにも真剣だったので、私は口を噤み、ジェフからの次の言葉を待った。

なんだろうと私の中で不安が広がっていく。

少しの沈黙の後、また私を抱きしめる腕に力が入ってから、ようやくジェフが口を開いた。

「ティア。聞いてほしい。君と会えるのは今日が……今日が最後なんだ」

自分の耳を疑う。今、ジェフはなんて……言った？

「……えっ？」

「僕は明日……帰ることになった」

それは心のどこかで覚悟していたけれど、でも最も聞きたくなかった言葉。

私はぎゅっと手を握り締めた。

「きゅ、急なのね……」

「……うん。これでもギリギリまで延ばしたんだ……でももう、これ以上は延ばせない。帰らないといけないんだ」

そう言ったジェフがさらに力を込めて私を抱きしめる。私もそっと腕をジェフの背中に回した。

そうしてしばらく私たちはお互い無言のまま静かに抱きしめ合った。

――嫌、帰らないで！　ずっと一緒に……

無駄だと分かっていてもそう言えたらいいのに。私は全然、覚悟なんて出来ていなかった。

だけど、そんな言葉の代わりに私から出たのは……

「……ティ、ティア!?」

「え……？　あ、わ、私……？」

気が付けばジェフの肩が色を変えていた。慌てて手で拭おうとしたけれど、涙がポタポタと私の目から溢れては、ジェフの服を濡らしていく。

『あーーーー！』

『アリスティアが泣いちゃったよぉぉ』

『泣かせたなぁ！』

『ジェフ～～、こらぁぁ！』

精霊たちのその声でハッとする。

いけない！　私が泣いてしまったら、精霊たちがジェフに激怒してしまうかもしれない！

ジェフを水責めや火だるまになんて絶対にしたくなかった。

「あ、あのね？　違うの！　これは目にゴミが入っただけで……！」

『アリスティア～？　何言ってるのぉ』

『嘘だぁー』

『絶対、ゴミなんか入ってないよー？』

「ほ、本当よ！　別に会えなくなるのが、さ、寂しいからじゃ……あっ……！」

ジェフと精霊たちに向けて必死に弁解しようとして、つい余計なことまで口走ってしまう。

慌てて口元を押さえたけれど遅かった。ジェフは驚いた顔をして混乱する私を見つめて、さっき渡したばかりのハンカチで私の涙を拭おうとする。

「……ティア。僕と会えなくなるのは、寂しい？」

「……そう、思った……わ」

小さく頷きながら私は答える。好きだとは言えなくても、寂しいという気持ちは誤魔化さなくてもいいはずだ。これ以上の贅沢は言わないから、寂しく思うことだけは許してほしかった。

「ティア」

静かな声に顔を上げると、ジェフが真剣な眼差しで私を見つめていた。

「……ジェフ」

お願いだから、そんな目で見つめないでほしい。だって余計に悲しくなってしまう。

そう言おうと口を開いた時ジェフの顔が近付いてきて、頬にそっとジェフの唇が触れた。

「っ!? な、何して！」

ジェフは答えない。

「……あ！　ちょっ、ジェフ……」

私が止めても彼はキスをやめず、涙の跡を拭おうとするかのようにたくさんのキスを私の顔中に降らせる。止めようとしたけれど、まるで祈るような表情でキスを続けるジェフに何も言えなくて、私は救いを求めるように精霊たちを見上げた。精霊たちはあーあと言いたげな表情で、でもなぜかちょっと満足げに微笑んでいた。

――それからしばらくたって、そっと私から身体を離すと、ジェフはちょっと気まずそうに、でも何かを決意したように私から体を離した。

それからポケットから何か箱のような物を取り出して、私に差し出す。

「ティア、これを君に」

渡された箱を開けて見ると、中に入っていたのは紫色の石が使われたネックレスだった。

デザインそのものはシンプルだけど、紫色の石が思わず我を忘れて見惚れそうになるくらいの輝きを放っている。

『うわ～』

『キラキラだぁ』

さすがにこれには精霊たちも騒がずにはいられないみたいだった。

「凄い綺麗ね。そしてどこかジェフの瞳の色に似てる……」

「これを君に持っていてほしい」

「……え？」

その言葉に驚いて顔を上げるとジェフと目が合った。ネックレスの石と同じ色の瞳がまっすぐ私を射貫く。

「このネックレスを次に会う時まで持っていてほしいんだ」

「次って……何を言っているの？　私たちはもう……それにこんな高価そうな物はちょっと」

次？　次って何？　私たちはもう二度と会うことすらないはずなんじゃないの？

混乱した思いのまま箱の蓋を閉じると、ジェフは申し訳なさそうな表情で首を振った。

「ティアは絶対にそう言うと思った。けど君に……どうしても持っていてほしいんだ」

「ジェフ……」

そう言われても……と私が戸惑いを見せると、ジェフはさらに畳み掛けてくる。

「お願いだ。これはもうティアしか持てない。だから、君に持っていてもらわないと困るんだ」

「私しか……？　困る？」

よく意味が分からず首を傾げるも、ジェフはそれ以上は答えてくれず、ひたすら真剣に私のことを見つめている。もう断れる雰囲気ではなかった。

「次に会う時まで、ね？」

「ああ。これは僕が君を迎えに行くための証だ。出来ればずっと身につけていて？」

「迎えに行く……証？」

「そうだよ。僕はまた、君に会いに来る……絶対に。そう決めたから」

「決めた……？」

うん、と頷いたジェフは何か決意を秘めた表情をしていた。

そして箱をもう一度開くと、ネックレスを私の首に付けてくれる。トップの紫色の石だけでなく、ゴールドのチェーンまでもが日の光に反射したのかキラキラと輝いていた。

「よかった。ティアに似合ってる。シンプルなデザインでよかったよ」

いつものような甘く優しいジェフの微笑みに胸がときめく。でも、私の胸は苦しいままだ。

「……本当に、また会える？」

「あぁ。約束するよ。——ねえ、君には妹がいたりする？」

その言葉にひやりとした。オーラス様が妹に夢中になったときのことが過り、呼吸が止まりそうになる。オーラス様がいなくなったときには何も思わなかったことが、今ではこんなに怖くて、私の頬に一筋の涙がつたう。

『あぁぁー、またアリスティアを泣かせたぁ！』

『こらー！』

「ティア、違う。君を困らせたかったわけじゃないんだ！」

「……ジェフ」

少しだけ頷くと、ジェフは再び私を抱きしめてくれた。私もそっと抱きしめ返す。どうしてジェフは私に妹がいると思ったのだろう。もしかしてセレスティナをどこかで見かけたりしたんだろうか。そんな疑念と不安が胸を焼いたけれど、ジェフの腕は温かく私を包み込んだ。

それからはそれ以上の言葉は出ないまま、時間の許す限り私たちは静かに互いを感じていた。

こうして、私とジェフは本当に果たせるのかも分からない再会を約束して、最後の逢瀬(ひととき)を終えた。


ジェフとの最後の別れをすませて、離れに戻った私は椅子に座ってぼんやりしていた。

帰るのは明日だと言っていたから、きっと準備で忙しいだろうにわざわざ、私との約束をきっちり守って会う時間を作ってくれていたんだと思うと、嬉しさと寂しさの両方が押し寄せてくる。

「だけど、どうして……」

渡されたネックレス、唐突な質問。全ての意味が分からなくて私は首元のネックレスにそっと触れる。

「迎えに来るための証。どういう意味だったのかしら？」

帰宅してから、私はジェフに名前も身分も何もかも偽ったままだったことを思い出した。

あまりにも別れが突然過ぎてそこまで気が回らなかったのだ。私だってジェフが高位貴族のお坊ちゃまなのだろうとそれくらいしか分からない。

それなのに果たして、この状態で再会なんて可能なんだろうか。

『アリスティア悲しい顔ー』

『ジェフが、帰っちゃうからぁ？』

『さみしいの？』

「そうよ、とってもとっても……寂しいの。皆が言っていたように私はジェフが大好きだから」

私がそう答えると精霊たちは必死に慰めようとしてくれる。

『僕たちがいるよ』

「ふふ、そうね。皆がいてくれるから、大丈夫……ありがとう。私は皆の事も大好きよ？」

『わーい！』

『大好きだって～～』

『僕もー！』

精霊たちはそう言って、まるで私を抱きしめるかのように私の周りに集まってくる。しばらく精霊たちに癒されていると、少しずつ元気が湧いてきた。このネックレスは彼の言うように肌身離さず身に付けておこう。そうしたら、本当にジェフにまた会える。そう信じたい。

だから、セレスティナにだけは絶対に見つからないようにしないと！

そんな決意を胸に抱きつつ、精霊たちにを慰めてもらっている時だった。

『アリスティア～大変だよー！』

『逃げてーー！』

別の精霊たちが慌てた様子で私の元に飛んで来た。

「逃げて？　な、何事？　どうしたの？」

『アイツがこっちにやって来た！』

『嫌い、嫌い、嫌いー』

『転ばせても意味なかったぁぁ』

「アイツ？」

それって誰のこと？　どうして名前で呼ばないの？？

精霊たちが毛嫌いしていて、アイツ呼ばわりで逃げた方がいい相手……――まさか！

そう思った瞬間、離れの入口のドアが勢いよく開けられた。

……ああ、やっぱりそうだった。

「……っ、お父……様」

いかにも不機嫌そうな表情で立っている壮年の男性。残り少ない黒髪と嫌味な表情はセレスティナとそっくりだ。

でも一体何故ここに？　私が離れに追いやられてから、お父様が訪ねて来たのは初めてだった。

嫌な予感しかしない。ジェフからもらったネックレスを服の上から無意識の内に握りしめる。

すると私の声など聞こえていないように、お父様は話し始めた。

「いいか、よく聞け。セレスティナは二週間後に王都に向かう」

お父様は終始むっつりしていて、言葉からも表情からも私と話すのが嫌そうなのが伝わって来る。

「……そして来月、殿下の誕生日パーティーが王都で開催される。そこで、セレスティナとの婚約も世間に正式に発表となるはずだ」

でもそれが一体なんだと言うの？　私には何の関係もないはずなのに。

「そのパーティーにアリスティア、お前も絶対に参加させろと命令があった」

「え？」

「王子殿下、直々の命令だ」

「……殿下、直々!?」

その言葉に驚きが隠せない。――いったい、何故殿下が？　どういうこと……？

私が目を見開くのと同時に、お父様が雷のような声を上げた。

「しらばっくれるな。殿下に何をした！　我が家を訪ねてきた時から殿下はアリスティアには会えないのかと気にしていた！　何故だ！」

お父様の主張はものすごい言いがかりだった。意味が分からなくて、ひたすら首を横に振る。

「お父様がおっしゃっている意味が分かりません」

領地から出たことのない私が、一体どうやったらこの国の王子殿下と接触出来ると言うのだろう。

「うるさい！　黙れ！　本当にお前は災厄しか招かないようだな！　セレスティナの幸せの邪魔をすることだけは絶対に許さん！」

お父様がぜえぜえと息を吐き出して、机に凭れる。その怒りの激しさに、いつだってお父様にとってはセレスティナが一番だと嫌でも思わされる。お父様は何度か息を吐き出してから、ゆっくりと続けた。

「……逆らうわけにはいかん。クソっ！　こいつのことなどもう皆忘れ去ってると思っていたのに……！　大変不本意だが仕方ないのでお前も連れて行く。出発は二週間後だ！　いいな!?」

「は、い」

私はもう逆らえず頷くことしか出来ない。

お父様は言いたいことだけ言って、去っていってしまった。

残された私は訳がわからず、呆然として動けないままだ。

『アリスティア、大丈夫～？』

『しっかりしてぇ』

『放心してるー』

「……ごめんなさい、ありがとう」

精霊たちの言葉で目が覚める。

よく分からないけど、二週間後に領地を出て王都に向かわなければいけないらしい。

何故、会ったことがないはずの殿下が私を呼び出すの？

セレスティナのお迎えに来たのなら私に用などないはずなのに。

そこまで考えてハッと思いつく。

「……祝福の加護、のことが知られた……とか？」

本来、手にするはずだった殿下の加護を横から奪ってしまったのは私だ。

なんらかの形でそのことが知られてしまった……？

「なんて考え過ぎ……よね」

きっと婚約者になるはずのセレスティナについて調べていて病弱な姉が気になっただけ……そう

に違いないと自分に言い聞かせる。

『アリスティア～？』

『大丈夫？』

『アイツ次は燃やそーよ』

どんどん顔色が悪くなる私を精霊たちはひたすら心配そうにしていた。

「殿下！　あなたって人は……何故あれをティアさんに贈ったのですか！」

ヨハンが荷物をまとめながら怒ってくる。

どうやら、僕があのネックレスをティアに贈ったことが我慢ならないらしい。僕は平然とヨハンに荷物を渡しながら答えた。

「あのネックレスはティアが持つのに相応しいからだよ」

「ですが、あれはあなたの…………あぁ、もう！　陛下たちにはどう説明するおつもりですか!?」

説明も何も、僕があのネックレスを女性に贈ったことはどうせすぐに発覚するだろう。「何故、愛し子の令嬢に贈らないんだ！」と、叱責される覚悟もしている。

「……決めたからだよ」

「決めた？」

ヨハンが不思議そうな顔をする。

僕は自分の決意を手渡すような気持ちで、彼の瞳を見つめた。

「たとえティアが僕の気持ちを受け入れてくれなくても、僕の心はティアのものだ。だからあのネックレスはティアのものなんだ」

「殿下……」

僕の言葉にヨハンはそれ以上は何も言わなかった。僕もその沈黙をありがたく享受して、後は黙々と荷造りを進めた。

——そしていよいよ、王宮へと戻る日になった。

馬車に乗り込んだあと、僕はヨハンに聞いた。

「ヨハン……そう言えば、セレスティナ嬢についてどう思う？」

「どう思うというのは？　殿下がよく思っていらっしゃらないのはひしひしと感じておりますが」

つんとしたヨハンの物言いに苦笑しながら僕は首を横に振った。

「ステファドール男爵領に精霊の愛し子がいるのは間違いない。それは僕もそう思う。条件がこれでもかと合致しすぎているからね。だが、セレスティナ嬢と会って話をして思ったんだよ」

「何を……？」

「……セレスティナ嬢からは精霊に好かれるような性質を感じないな、と」

彼女は自分の容姿によほど自信があるのか、豪勢なドレスを纏ってこれでもかと着飾り、僕に媚びを売るかのようにグイグイくる。その姿は王都にいる他の令嬢となんら変わらなかった。

ティアの刺繍したハンカチだって頑張って手に入れたと言っていたが、頑張ったのは別の人間に違いない。

それに対して、精霊が好むとされているのは、波長が合う合わないもあるとも言われているが、無邪気で清廉な人間だと聞く。——自分がその『愛し子』に選ばれなかったことは置いておくことにしても、やっぱりセレスティナ嬢からはそんな性質をまったく感じられない。

僕の天使……ティアみたいな人にこそ、愛し子の名は相応しいだろうに。

「なぁ、ヨハン。僕はティアみたいな子が精霊に好かれる性質を持っているような気がするんだ」

「……言いたいことは分かりますけど、残念ながらティアさんは平民ですよ」

「……分かっている」

どうしてティアではないのだろう？　あんなに天使なのに。そう思いながらも一つの疑念が胸の中からぬぐえない。そして、前に聞いた時はなんとも思わなかった『ステファドール家にいるもう一人の令嬢』——アリスティア・ステファドールの存在がどうしても気になった。

だから半ば強引にアリスティア嬢を来月のパーティーに連れて来るよう命令した。

それがどんな決着を迎えるのかはまだ僕にはわからなかった。

とうとう私たちが王都に出発する日がやって来た。

しかし今、私はとっても気まずい……いえ、かなりの苦痛を強いられている。

「なんで、あなたなんかと同じ馬車に乗らなきゃいけないのよ？　空気が汚れるわ」

そう言って、私の向かい側で苦々しい表情を見せるセレスティナ。

「しかも、何なのよその髪。どうして私と同じ色に染めてるのよ」

「……そう命令されたので」

「はぁ!?　お父様たちもいったい何を考えているの!?」

出発前夜、お父様は私に髪を黒く染めるようにと命令した。そのせいで私とセレスティナの外見はさらにそっくりになっている。私たちの髪の色は違うけれど瞳は同じ青色だ。セレスティナは昔から私と少しでも似ている所があるのが許せないらしく、このことでよく攻撃されてきた。

苦笑して俯くと、精霊たちがブーイングを飛ばしながら周囲を飛び回っている。

『似ても似つかなーい』

『アリスティアの方が可愛い～』

『セレスティナは心が醜いよねぇ』

ありがとう！　でも大人しくしていてね……と心の中で念じると、一応通じたようだ。

『馬車だとアリスティアも危険だからね～』

……そういう問題かしら。とはいえ、精霊たちが大人しくしてくれることに胸をなでおろすと、まだまだ言い足りない様子のセレスティナが豪華なドレスの生地を引っ張りながら、苛立たし気に床を蹴った。

「本当にやってられないわ！　アリスティアなんて呼ぶ必要がどこにあったのかしら？　今まで通り大人しく引きこもっていればよかったのに！」

はぁ、とセレスティナがため息を吐きながら私を睨む。

「なんで殿下があなたなんかを呼んだのかは知らないけど、調子に乗らないことね！」

「はぁ、そうですか」

「いちいち腹立つわね！　いいこと？　殿下は私と婚約するのよ！　あなたじゃないの！　だから夢なんて見ても無駄よ！」

　頭に血が上っているセレスティナには何を言っても無駄だろうけれど、私は王子を誑(たぶら)かしたいわけでも、自分に靡(なび)かせたいわけでもない。だから夢なんて見ていない。

むしろ祝福の加護の件の方が気になってしまう。まさか牢屋に入れられはしないだろうけど……

はあ、というため息がセレスティナと重なってしまう。生意気よ！　という激高が響き渡り、馬車は王都への長い長い道のりを歩んでいった。

　さて数日が経ち、馬車は無事に王都へと着いた。王都の借り屋敷に着くなり、私は物置部屋……と言いたくなるような小さな部屋に押し込められる。

「お前はパーティーの日までここで過ごせ。フラフラ出歩くことは許さん！　大人しくしていろ！」

「そうね。部屋が与えられるだけよかったと思いなさい」

「うふふ、さすがね～！　辛気臭いアリスティアにピッタリのお部屋だと思うわ！」

お父様、お母様の罵倒に続いて、私が不幸な目に遭っているのをようやく見られて嬉しそうなセレスティナの声が響く。三人は私を散々に蔑んでから、王都の中心街に買い物に向かっていった。

ようやく部屋が静かになり、ほっと息をつく。すると今までは静かにしてくれていた精霊たちが一気に話し始めた。

『アリスティア～！　アイツらムカつくよぉ』

『メタメタにしてやりたい！』

『燃やして水かけて……』

それは単なる消火活動(マッチポンプ)で意味がないじゃないの。

そんなことを思いながら精霊たちに言い聞かせる。

「怒りたくなる気持ちは分かるけど、お願いだから暴れたりしないでね？」

『えーー』

『ボッコボコにしたいよぉー』

「好きに言わせておけばいいの。それで、勝手に満足してくれるから相手にするだけ無駄なのよ」

『アリスティア……』

むーっと不満を表明する精霊たちにお礼を言いつつ、かろうじて持ち込んだ鞄を開く。

「さーてと！　パーティーまでは持ち込んだ布と糸でたくさん刺繍するわよ！　戻った時にもたくさん納品しないといけないからね！」

精霊の加護を盗んだのではないかと問われるのは怖い。

それでも、私の刺繍を手にした人に少しでも幸せを感じてもらえたら嬉しい。そんな思いを込めて刺繍していたら、ジェフからもらったネックレスが仄かに熱を持っている気がした。

「……何これ？」

服の下にあるネックレスを引っ張りだして確認してみると、紫の石が光っている。普通の宝石ではありえないような輝きに息を呑むと、精霊たちが集まってきた。

『アリスティアの気持ちに反応したぁ』

『幸せがいっぱい』

『それはとくべつだからねー』

『ふふふ』

含み笑いをしている精霊たちは聞いてもそれ以上は答えてくれなそうだ。

いったいジェフは私になんてものをくれたのかしら……そう思わずにはいられない。

「……ジェフは元気かしら？」

ふと、思い出して口に出す。また、無茶なことをして怪我とかしていないといいのだけれど……。

すると精霊たちは表情を変えて、元気いっぱいに空中を飛び回った。

『元気だよ～～』

『毎日、毎日、アリスティア、大好きって言ってるよー』

『『ねー！』』

「ふふ、まるで見て来たようなことを言うのね？　慰めてくれているの？」

『あー！　アリスティア信じてないなぁ？』

『ホントだよ～？』

「みんな、本当に優しいのね、いつもありがとう！」

『うわぁ、全然信じてないーー』

『アリスティアを泣かせた奴だけど可哀想かもー』

よく分からないけど、ジェフが精霊たちの同情を集めている。

そう言われれば、基本、他人には無関心な精霊たちが初めからジェフにだけは特別好意的だ。

そもそも、出会いだって精霊たちが倒れている彼を助けて、と言ったからだった。

ジェフは優しいから精霊たちに好かれるのも分かるし、私も彼のそんな所が大好きだ。

そんなことを思いながら、私はひたすらハンカチに刺繍をして過ごした。

「どうせ、王子殿下に呼び出されたとしても加護の話でなければご挨拶だけだろうしね」

――そんな言葉が裏切られるとも知らずに。

3　王宮への呼び出しと、婚約

「アリスティア！　セレスティナの身代わりとして陛下のもとへ挨拶に向かえ！」

「――勝手なことを言わないで‼」

「わがままを言うな、アリスティア。お前にも役目を与えてやるんだ。有難く思え」

「っ！　わがままとかそういう問題ではないでしょう⁉」

王都を訪れて三日目の今朝のことだ。突然、部屋の扉が開けられ開口一番に言われた言葉の意味が分からず、私はお父様を睨みつけた。

身代わり？　セレスティナの身代わりって何？　今まで隅に追いやって、私のことなんていないようにふるまっていたのに、どうしてそんなことをさせるのか意味が分からない。悪口も無視も今までずっと耐えられたけど、ここまで来て『セレスティナの身代わり』にされるのだけは我慢ならなかった。

――本当に、なんで私が？　そう思った瞬間、お父様が慌てて頭を押さえはじめる。

「熱っ！　くそっ、なんだ⁉」

よく見るとお父様の髪の毛先がチリチリと燃えていた。

これはまさか……と思い私が慌てて精霊たちを見ると、彼らは明らかに怒っていた。

『ふざけるなー！』

『アリスティアに外に出るなと言ったのはお前たちだろーー‼』

『いい加減にしろーー』

そして、残り少ない毛先がチリチリ燃やされているお父様はパニックを起こした。

「ち、畜生、突然なんなんだこれはっ！　わ、私の髪の毛が……！　あ、頭が……」

そんなものキレイさっぱりなくなってしまえばいいわ‼

そう叫びたかったけど、取り敢えずさっき言われた言葉の意味を確認する。

「お父様？　説明してください！　何故、私がセレスティナの代わりに陛下への挨拶に行かなければならないのですか？」

「くそ、畜生……なんだ、これは。は？　そんなの決まってる！　セレスティナ……あぁ、やめろー、これ以上は燃やすなー！」

支離滅裂で何を言っているのか分からない。このままでは話にならないので、私はチラリと精霊たちを見て、一旦静まって？　とアイコンタクトを送る。

『えー、もっとやりたーい』

『全部、燃やす～』

『毛なんてなくなっちゃえばいいと思う！』

その気持ちには激しく同意するけれど、今は話が聞きたい。

『しょーがないなぁ。今だけだよー？』

『あとでたーっぷり、燃やそう！』

もうそれで構わない。私はコクコクと頷く。やがてチリチリになった髪の毛が鎮火したお父様は、さっきまでは泣きそうだったくせに偉そうな態度に豹変した。

「――いいか？　よく聞けアリスティア！　お前はセレスティナのフリをするんだ!!」

もう一度聞いても言ってることは変わらないし、やっぱり意味が分からなかった。

「言われていることの意味が分かりません」

私がそう反論するとお父様の顔がムッとなる。

身勝手なことを口にしているのはお父様なのに何故、私がそんな目で見られなくてはならないのかが分からない。

「ぐだぐだ余計なことを考える必要はない！　お前は私の言うことを聞けばいいんだ。黙って従え！　ドレスはセレスティナのを借りて来てやったんだからな！」

お父様は憎々し気に私を見つめると、二度手を叩いた。

「さぁ、お前たち、こいつをセレスティナとして見られるように仕上げるんだ！」

「「承知しました」」

すると、部屋の中に数人の使用人たちが入ってくる。顔を見たことのない彼らに顔を顰めると、お父様は私の顔を見ないようにしてさっさと部屋を出て行ってしまう。同時に使用人たちの手が私に伸びてきた。

「……嫌っ!!　離して！」

「ご当主様から言いつけられております。お早くお着替えを」

『あーー！』

『なんなのこいつらぁーー！』

『アリスティアーー……ってダメだって目してるぅ』

『こいつらの顔覚えた』

精霊たちの叫びも虚しく、私は無理やりドレスに着替えさせられ、顔に白粉を過剰なほどにはたかれて、セ丶レ丶ス丶テ丶ィ丶ナ丶として仕立てあげられてしまった。

「――ご準備が整いました」

豪奢なドレスを身に纏わされ、慣れないコルセットのせいで動きにくいまま、私はぺいっとお父様の前に差し出される。するとそんな私を見たお父様は満足そうな顔をして頷いた。

「一応、セレスティナに見えるではないか。これならどうにかなるだろう」

その言い方がすごく気に入らない。

「いいか？　余計なことは一切喋るな。喋ったら承知しな……………ん？　何だこれは？」

偉そうに色々と私に命じていたお父様は、私の首にかかっているネックレスに目をつけた。使用人たちも用意されたアクセサリーではないそれを外そうとしたけれど、ネックレスが意思を持っているのではというほど外れなかったのだ。

それは、と言おうとする使用人よりも早くお父様の手が伸びてくる。

「なぜお前がこんな物を？　お前には不釣り合いだろう。いったい誰にもらったもの……」

――嫌！　その汚い手で触らないで!!

私がそう思った時だった。

パシッ――

目には見えない何かが、ネックレスに伸ばしていたお父様の手を弾いた。

白い光が走り、お父様の体が後ろに倒れる。

「……ぐはっ！　……アリスティア！　なんだそれは!!」

……なんだそれはと聞かれても。よく見るとお父様の手は真っ赤になっていて、軽く火傷を負ったようになっている。しかし私にも何がなんだか分からない。ただ、まるで何かに護られた……そんな気持ちになったので、私は精霊たちに視線を向けると、みんなニコニコと笑っている。

『言ったでしょ～～アリスティア？』

『それはとくべつ』

『僕たちからの、ちょっとした身を守る加護が付与されてるんだよ～』

『うるさかったからねぇ。ちょっとだけ付けてあげたの！』

『アリスティアの持ってる元々の力があるから、大きく反応したねぇ』

『ざまーみろ』

なんですって？　精霊たちが言っていた『特別』にそんな意味があったのかと驚きが隠せない。どうして、ジェフがそんな加護が付与された特別なネックレスを持っていたの？　精霊の加護を渡されるのは一人だけのはずじゃ……

改めて彼が何者なのか気になったのと同時に彼の身が心配になってしまった。

ジェフは知ってか知らずか身を守る加護が付与されていた物を、私のために手放してしまったことになる。だけど、そんな私の心の中を読んだかのように精霊たちは言う。

『大丈夫だよ～』

『『ジェフにはアリスティアのハンカチがあるから！』』

目の前のお父様と使用人たちは、お父様の手の火傷に大慌てしていて私の方を見ていない。

私は謎の言葉に首を傾げた。

「私はハンカチにはジェフへの幸せを込めたつもりだったんだけど……」

私のハンカチで訪れるのは、あくまで『ちょっとした幸せ』で、これほど強い加護なんてものではない。しかしそう言うと、精霊たちはにこやかに首を振った。

『あのハンカチにはアリスティアの大好きがいっぱい詰まってるから～』

『幸せ以外にもいっぱいついてるよー！』

「……え!?」

『しかも、二倍!!』

『きゃはは！　凄いよね～』

何故二倍なの？　そこも気になったけど、もう一つ気になって早口で聞く。

「じゃあ……身を守る加護のネックレスがあったのにジェフはあの時、何故怪我をしたの？」

ネックレスの加護とやらは働かなかったのかしら？

しかしそう聞くと、またもや精霊たちは笑顔で首を振った。

『そのネックレスなかったら、ジェフ死んでたよー』

『僕らの力が働いたから腕の傷だけで済んだのー』

『本当は胸を刺されそうになってたぁ』

『ちからが働いて、きどうがそれたんだよぉ』

力が働いて軌道が逸れてジェフが助かった？　今更、知らされた事実に私は呆然とする。そんな私の気も知らず精霊たちはニコニコしている。そんな彼らの姿に頭がくらくらとしつつも、私はネックレスを握ってこっそりとお祈りをした。

どうか……このネックレスの代わりに彼をあのハンカチが守ってくれますように。

するとまたネックレスが仄かに温かくなった気がする。そのことにほっと息を吐き出した時だった。

「……アリスティアめ！　さすが災厄の娘だ、呪われているに違いあるまい‼」

手に大げさなほど包帯を巻いたお父様がこちらを睨みつけていた。

精霊たちがまたざわめくのが聞こえたが、ジェフのことを思い出した私にはもはや痛くもかゆくもなかった。

「……そんな災厄の娘を、大事な大事なセレスティナの代わりに陛下へ挨拶させていいのですか？」

嫌味たっぷりにそう言い放つとお父様が悔しそうに押し黙る。

「それとも理由を教えて……」

「仕方ないだろう！」

そして、お父様は顔を真っ赤にして叫び散らした。

「セレスティナは昨日、王都の街で食べ歩きをしてお腹を壊してしまったんだ‼」

「……は？」

「護衛についていた者も同じものを食べていたのに！　何故か！　セレスティナだけがだ‼」

ぐぉぉ、と、唸るお父様を横目に、私は精霊たちに視線を向けると、とてもいい笑顔をしていた。

中でも赤い髪の子は特にいい笑顔で私に向かって親指を立てている。

――何かした！　これは絶対に精霊たちが何かした!!

精霊たちはやっぱり怒っていたんだろう。

「それなのに、陛下はとにかくセレスティナに早く会いたいと言っている！　こちらの事情で日付を遅らせなどしたら不敬罪だ！　だから、お前が代わりに挨拶だけして来いと言っているんだ!!」

思ったよりもずっとくだらない理由にくらっとしつつ、私は空中に視線を向けた。精霊たちがやる気満々と言った様子でこちらを見ている。

『アリスティアー、もう良いでしょ？』

『チリチリにする！』

もういいわ。好きにして。

精霊たちにそう言い残すと、私は馬車に乗せられ王宮へ連れて行かれた。

――その後、私が出ていった後のお屋敷では、精霊たちの歓声とともに使用人たちもそれぞれ散々な目に遭っており、セレスティナのお腹の調子もますます悪化し、とにかく大惨事となっていたらしいというのは、満足げな精霊から聞いた話だ。

上等な馬車が王宮までの道を走っていく。ドレスのコルセットのせいでいつもよりしとやかな行

動を取らざるを得ない。馬車の扉が開いてエスコートされるのは、ジェフにされて以来だったけれど、やはりどこか違う感覚だった。

それにしても陛下はそんなに急いでなんの話があるのかしら。

色々と考えすぎてしまったからか、いつの間にか眉間にしわを寄せてかなり怖い顔になっていたようだ。精霊たちがやんやと声を上げげて、私の周りを飛び回る。

『アリスティア、笑ってぇー』

『顔が怖いよ～』

セレスティナたちにお仕置をして満足したのかいつの間にか精霊たちの数がとんでもないことになっている。彼らに頷き返して、慌てて姿勢を正した。

王宮に通されてからほどなくして、ようやく陛下の元へと案内されることになった。

王宮の侍女が美しいカーテシーで私に頭を下げる。

「陛下と王妃様、お二人揃ってのお話となります。護衛の方も外で待機をお願いします」

その美しい姿勢を見て、これから自分をセレスティナと偽って謁見……つまり王家を欺(あざむ)くことへの緊張で背中に冷たい汗が流れた。

部屋の前まで案内された私は一つ深呼吸をしてから扉をノックした。

「それでは、こちらからどうぞ」

扉が開くと、眩しいほどの光に照らされた。目を瞬かせると上にシャンデリアが吊るされていることが分かる。その真下に玉座が並んでいた。国王陛下と王妃陛下が私を睥睨している。

「――そなたが、ステファドール男爵令嬢、セレスティナだな」

「この度は――」

「あぁ、良い。堅苦しい挨拶はいらぬ。顔も上げよ」

名乗る前に遮られてしまった。言われた通り、私は腰を落としたまま顔を上げる。すると国王陛下はいかめしい表情を崩して、大きく目を見開いた。

「ほぅ。先日は遠目でしか見ておらんかったが、まさかここまでとは。あの日よりも凄いではないか……！」

陛下の目は私ではなくその周りを見ていた。つまり……精霊たちを見ているようだ。

国王陛下は精霊が見えるのかと驚いたが、王家は精霊の愛し子を連綿と生み出してきたのだから、それも当然かもしれない。

『わー、久しぶりだ～』

『相変わらず偉そうだねぇ』

『いっつも僕たちに甘えてくる泣き虫だったくせにー』

精霊たちが陛下を見ながら懐かしそうにそんな会話を始める。精霊たちは『久しぶりー』と近付いて行ったけれど、陛下がそれに答えることはなく、ただ精霊たちの姿を目で追うだけだった。

『もう僕たちと会話が出来ないからねぇ』

『話せないのはやっぱりさみしーね』

『もう、甘えてくれないし』

精霊たちのその言葉を聞いて思う。いつか私も彼らの姿を見て会話出来なくなる日が来るのだろうか。まだ先のことだとしてもそれは嫌だな、と寂しい気持ちになってしまう。

「……やはり、これだけの彼らを纏わせている……間違いない。なのにジーフリートの奴め……何が偽者の可能性が高い、だ。これは本物だろう！　後で、よく言って聞かせねばならんな」

陛下はブツブツと小声で何か呟くと、すぐに私の方へと顔を向き直して問いかけてきた。

「ステファドール男爵令嬢、セレスティナ」

「は、はい」

「君に聞きたいことは一つだ。非常にデリケートな話となるゆえ、男爵も呼ばずに君一人で来てもらった。――君は自分の周りにいる存在に気付いているか？」

ここでようやく何故たった一人で呼ばれたのかが分かった。

やっぱり精霊の話だったのだ。しかし、『アリスティア』としてではなく、今この場にいるのは『セレスティナ』だ。もしも答えを間違えば投獄されるとしたら――

「どんな形でもいい。ぼんやり感じる。光のようなものを感じる……もしくは小さい人のような姿で見えて会話も出来る……どれだ？」

国王陛下の真剣な表情に私はどう答えるべきか迷ってしまう。セレスティナとして答えるべき正解が分からなかった。

黙り込んでいると、国王陛下は一人で何かを納得した様子で深く頷いた。

「ふむ。その反応……見えているが、何者かは分からない、というところか？　セレスティナ嬢、君の周りにいるのは精霊だ」

「……精霊」

「そうだ。精霊は、自分たちの好む性質を持った人間に力を与える。力を与えられた人間は彼らの姿を見て会話も出来るのだ。そんな人間を我々は精霊の愛し子と呼んでいる」

「精霊の……愛し子」

思わず繰り返すと精霊たちがさんざめく。

『相変わらず、説教くさーい！』

『にんげんたちが、勝手に呼んでるだけじゃーん』

『僕たちは好きな人間に寄り添ってるだけ～。セレスティナは違うってば！』

精霊たちの反応でハッとした。つまり、陛下はセレスティナを見た時、監視役として側にいた精霊たちを見て精霊の愛し子だと勘違いをしたのだろう。王子様が話したこともないセレスティナを妃に望み、わざわざステファドール男爵家に来たのもそのためだろう。

それなら、妃になりたいセレスティナが望む返答は決まっている。

「精霊の愛し子は、国を繁栄させるのに欠かせない。つまり、君は王家にとって必要な存在だ。さぁ、改めて問おう、セレスティナ嬢。君は精霊を――……」

「ちょっと待ってくださいな、陛下！」

陛下が私に再度、精霊について問いかけた時だった。

王妃様が私の方を……いや、正確には私の首元を見て叫んだ。

「セレスティナ嬢！　あなた、そのネックレスはどうしたの⁉」

「え？」

私は慌てて自分の首元を見る。そこにあるのはもちろん、ジェフからもらったネックレスだ。王族の前でつけてはいけない物だったのだろうか。私の動揺を映すように、淡い紫の宝石が揺れる。

「なに⁉」

すると陛下までもが私の首元を凝視した。

「これは、間違いない。だが、どういうことだ……？　ジーフリートが言っていたのは……」

なんの話かは分からなかったけれど、二人は明らかにネックレスを見て顔色を変えた。

これを持っていたジェフ……あなたは、一体何者？

疑問に疑問が重なり、ざわめきが玉座の間に広がる。王妃様は私の元まで下りてきてネックレスを確認しようとしているし、精霊たちは何やらニコニコと微笑んでいる。私はそんな中でおろおろしているだけだった。陛下が首を振る。

「……駄目だ。これでは話が進まん。これはジーフリートにもう一度、話を聞かねばならぬ」

「えっと……？」

「セレスティナ嬢。すまないが今日の話はここまでにさせてもらいたい」

「は、はい！」

陛下はどこか困った様子でそう言った。

『あはは！　頭抱えてるー』

『おっきくなっても昔と変わらなーい』

『悩め悩め～甘えん坊』

精霊たちは頭を抱えている陛下を見て無邪気に楽しんでいる。その様子を知ってか知らずか、陛下は疲れた様子で玉座に座りなおした。

「生憎、ジーフリートが今日は出掛けると言っていたからな。日を改めてまた呼び出すのでそれまで待っていてくれ」

「……承知致しました。お待ちしております」

私は頭を下げてそっと、部屋から退出した。待機していた護衛には何事もなかったかと確認されても曖昧な返事しか出来ず、馬車を呼びに行った護衛を追いかけるように歩きつつも私はどこか上の空なままだった。

結局、精霊に関して何も答えていないままだったし、次の呼び出しはセレスティナ本人が行くことになるだろう。

セレスティナは、精霊についてどう答えるのかしら？

それに、このネックレス。首からネックレスを外し手に取ってみたけれど、普通のネックレスにしか見えない。ジェフを思い出してギュッとネックレスを握りしめる。

すると、手の中のネックレスが突然、熱を持った。今までも仄かに温かくなることがあったけど、それまでの比ではない。驚いて、立ち止まる。

そのせいで私は曲がり角で人が向こうから来ていたことに気付かなかった。

「うわっ⁉」

「きゃっ！」

丁度曲がり角で止まってしまったせいで、誰かが勢いよく私にぶつかった。

しまった、王宮でとんでもないことを！　私は慌てて頭を下げて謝罪する。

「す、すみません！」

「いや、こちらこそ……」

大丈夫ですか、と問う声に心臓が大きく跳ねた。

頭の上から聞こえてきたその声は、私にとってとても聞き覚えがあったからだ。

「あなたこそ怪我はないですか？」

紳士的で、こちらを気遣う優しい声音――まさか……私は身体の震えをどうにか抑えながら、おそるおそる顔を上げた。そして、その声の主の顔にヒュッと息を呑む。

そこに居たのは、間違いなくジェフだった。「ジェフ！」と思わず呼びかけそうになって今の自分がティアとは全然違う姿になっていることを思い出す。

そのせいで、私から声をかけるタイミングを失ってしまった。

一方のジェフも目を大きく見開いたまま固まっている。

さっきは「大丈夫ですか？」と声をかけてくれたけれど、今はそれすらもない。

私たちはお互いにしばらく無言で見つめ合う。私が手の中で握りしめているネックレスは未だに熱を持っていた。もしかしてジェフに反応を示していたのかもしれない。

「……あ、の私……」

ようやく声をかけようとしたけれど言葉が続かない。

「……ア」

ジェフも私を凝視したまま小さな声で呟いた。聞き間違いでなければティアと呼ばれた気がする。

「……ティア」

間違いない。ジェフは今度はハッキリそう口にした。

髪の色が違ってセレスティナのフリをしていても、ジェフは私に気付いてくれたの？

そう思ったら涙が出そうになった。

「ティアだろう？　髪の色は違うけど……君はティアだ」

「ジェフ……」

気付いてもらえた嬉しさに名前を呼ぶと、ジェフは私の両肩を掴んで揺さぶった。

「ティア!!　あぁ、夢みたいだ……こんな所で会えるなんて思わなかった！」

「私も……」

私は微笑みながらそう答える。

そして、ジェフはほんのり頬を染めて、変わらない甘い笑顔を見せる。

「知らなかったよ」

「……何が？」

「ティアはどんな髪色をしていても可愛い！」

「えっ⁉」

そのまっすぐな言葉に私の顔がボンッと赤くなり、頬にジワジワと熱が集まっていく。

ジェフのこういう恥ずかしいことを平気で言うところは、まったく変わっていない。

『おぉ！　アリスティアが赤くなったよ～』

『久しぶりに見れたねぇ』

『アリスティア、嬉しい？』

精霊たちも私の気持ちを悟って嬉しそうにしている。ジェフは私の肩をそっと掴むと、愛おしそうに私を見つめた。

「不思議だな……まるで別人のような髪色なのに、僕にはティアにしか見えない。なんでだろう？」

「ジェフ……」

「うん、こうしてすぐ赤くなる所も変わっていないね」

「ひゃっ⁉」

ジェフが私の頬にそっと手を伸ばして来たので、私のドキドキはさらに強くなる。

「あ、あ、あの？　ジェフ……！」

「ティア」

そんな私の様子に気を良くしたのか、ジェフはそのまま私を抱き寄せた。

「あぁこの温もり……本物だ。あの日から、毎日何度も何度もティアの温もりを夢見ていたんだ」

「ま、毎日……？」

「大袈裟な、と思ってるだろ？　嘘じゃない。僕はティアのことばっかり考えてた。早く君を迎えに行きたい……ずっとそう思っていたよ」

ジェフはそこまで言うと、少し力を強めて抱きしめる。久しぶりのそれは少しだけ前の時より力が強かったけれど、とても温かくて幸せだった。

『アリスティアの温か〜い気持ちが伝わってくるねぇ』

『会えてよかったね、アリスティア』

『大好きいっぱい！』

『アリスティア、幸せ！　僕たちも嬉しい』

精霊たちも私の気持ちに反応して嬉しそうだ。

このまま離れたくない。ずっとこうしていたい……そう思ったけれど。

「――お嬢様、馬車が来ております」

護衛の冷たい声が響き、私はジェフと慌てて離れた。ジェフは護衛を見て明らかに困惑していた。

偶然会えた嬉しさばかりが先行して、私はジェフに真実を言えていなかったのを思い出した。

それに、どうしてジェフが王宮に居るのかも私は知らない。

「お願い！　帰るのはもう少し待って……もう少しだけ、彼と話をさせて？」

せめて私が何者で何故ここにいるのかを説明するだけの時間が欲しかった。

だけど、護衛は一切聞く耳を持ってくれない。

「駄目です。寄り道をさせるな、誰かと接触させるな。男爵様からそう言いつけられております」

護衛は冷たくそう言って、私の腕を掴んで無理やり連行しようとする。

「痛っ……お願いだから、もう少し、もう少しだけ！」

「そうだ！　待て、待ってくれ！　それと離せ！　彼女が痛がってる！」

「ジェフ……！」

私を取り返そうとしたジェフだったけれど、痛がっている様子の私を見て手を引っ込めた。

『アリスティア！』

『こらー！　アリスティアの幸せ、邪魔するな』

「……くっ！」

精霊たちも力を貸してくれて、護衛を私から引き離して転ばせようとしてくれたけれど、護衛はなんとかそのまま私を引きずっていこうとする。

「……ステファドール男爵家！」

「えっ！」

「私は、ステファドール男爵家の……」

「いい加減にしてください！　何をしているのですか、あなたは！」

私の言葉の続きは護衛に口を塞がれ遮られてしまう。それから抵抗が出来ずに待機していた馬車にそのまま押し込められてしまった。

屋敷に戻り重かったドレスを脱いだ私を出迎えたのは、頭がツルッツルになって最高に不機嫌なお父様だった。

チリチリとクルックルになったお母様は、寝込んでうなされているらしい。

そんなツルッツルの頭になったお父様は私を睨みながら言った。

「護衛から聞いたぞ、誰か男と会ったそうだな？　なぜお前に王宮の知り合いがいる？」

「セレスティナの知り合いとは思わないのですか？」

「ティアと呼ばれていたと聞いた！　お前のことだろう⁉」

気が付かれてしまったなら、もう開き直るしかない。私は敵意をみなぎらせる精霊たちを視線で制して、一歩前に進み出た。

「……彼は、私の大事な人です」

「何⁉」

「あなたたちみたいな名ばかりの家族よりも、私のことを考えてくれるとても大事な人です！」

「だから、それはどこの誰だ！」

お父様が怒鳴り散らす。でも、それは残念ながら私にもわからない。無言のままでいると、お父様は広くなった額に青筋を立てた。しかしいくら何を言われようと、知らないことは話せない。しばらく無言が続いていると、お父様はイライラとした様子で後ろを向いた。

「その男とは絶対に会わせんからな‼」

お父様が部屋から出て行く。

『もうちょっと燃やしておけばよかった』と物騒なことを言う精霊たちがお父様を追う。それを見送って、私は床にへたり込んだ。

——数日後、ジークフリート殿下から我が家に訪問の連絡が届いた。

一応、元気になったセレスティナは、「ついにプロポーズの時よ！」とはしゃいでいたけれど、私は毎日ジェフのことばかり考えていた。

チリチリの髪の毛になったせいで数日寝込んでいたお母様も、殿下の訪問と聞いて元気に動き出している。

……でも、殿下はきっとセレスティナを愛し子だと思って迎えに来るのよね？

『騒がしいね』

『セレスティナは、美しい私でお出迎えよ！ って言って朝から何回もお風呂に入ってた』

『何回入っても心は醜いまんまなのにね』

『あいつらの髪はクルクルとチリチリで直ってないよ～』

……実際のところ、セレスティナと両親は愛し子どころか精霊たちにかなり嫌われているから、その思惑は上手くいかないだろう。私がセレスティナのフリをしたことで、事態が余計にややこしくなっている。

「殿下がいらっしゃるのは明日よね？ なのに何回もお風呂に入ってるの？」

『そーだよー』

『とにかく磨くんだってさ！ さっきはドレスを着てたけど……』

「そう……」

お母様の焦げた髪型もまだ直っていないようだし、使用人たちも朝から大変ね……なんて、他人事のように考えていたら、バンッと大きな音を立てて部屋の扉が開いた。

するとそこには話題の主であるセレスティナが立っていた。精霊たちの言っていた通り、湯気が黒髪から上がっていて、明らかに毎日着るようなものではない重たそうなドレスを身に纏っている。

「……何か用？」

「んー、用ってほどのものじゃないけどぉ……明日、殿下を迎える時、あなたにはコレを着てもらおうと思ってぇ」

セレスティナは鼻にかかった声でそう言って、私に何かを投げつける。精霊たちが殺気立ったけれど、思いの外柔らかい何かだった。

そっと広げるとそれは、使用人の制服のようだけど……

これを明日着ろ、というのは？

セレスティナを見上げると、彼女は不機嫌そうに口を尖らせていた。

「お父様はあなたを寝込んでることにするつもりみたいだけど、それじゃ、私の気が済まないのよ」

「気が済まない？」

「そうよ！　私が王子様にプロポーズされる姿をぜひ、アリスティアにもその目で見てもらいたいのよね！」

セレスティナは、それはそれはとてもいい笑顔でそう言った。制服を投げて来た時よりもさらに精霊たちが敵意をむき出しにする。

『アリスティア！　チリチリにしちゃおうよ！』

『また、食事に変な物を混ぜようか？』

『水責めにして風邪引かせたい！』

しかしそんなざわめきはもちろんセレスティナには聞こえていない。

「それと！　私ほどの美しさではないにしろ、私と似ている……と少しでも思われるのは許せないから、今日のうちに髪の色も元に戻しておいてちょうだい。いい加減見ていてイライラするの」

「……染めろと言ったのはお父様よ？」

「いいから戻せと言ってるの！　あなたはその服を着て部屋の隅で私が幸せになる所を指でも咥えて見ていればいいのよ」

セレスティナはどこまでいっても身勝手だった。双子として生まれたはずなのに、何がどうしてこんなことになったのかしら……と思いながら頷くと、彼女は満足そうに帰っていった。

その夜、私は久しぶりに髪色を元に戻した。ようやく自分に戻れた気がして正直ほっとする。

鏡もなく、小さな窓に髪を映しながら髪をとく私を、精霊たちが不満げに見つめていた。

『アリスティア、セレスティナの言うこと聞いちゃうのー？』

「そうね……明日は、部屋で大人しくしているつもりだったんだけど。でもほら、髪の毛を元に戻せたわけだし」

金色に戻った髪を見せながら言うと、仕方ないなあというように精霊たちが表情を緩めた。

『ジェフも言ってたけどーアリスティアは何色でも可愛いよー』

『でも、やっぱりいつもの色の方がいーね』

「ふふ、ありがとう！　そういえば、皆は私が色を変えても普通だったわね？」

『そりゃそうだよー』

『僕たちは見た目じゃなくて、アリスティアの心が好きなんだから～』

「あ、ありがとう……！」

思いがけない言葉に照れくさくなって俯くと、精霊たちが嬉しそうに飛び回る。

『照れた！』

『アリスティアが照れた～可愛い～！』

見た目じゃなくて……心。ジェフがお城で私に気付いてくれたのもそんな理由だったら嬉しいと思った。

◆◇◆

「さて……こんな感じでいいのかしら？」

そして王子様の訪問当日、私は使用人の服に身を包んだ。ヘッドドレスのおかげで印象も変わったし、これなら金髪でいてもお父様は文句を言わないだろう。

支度を終えて部屋を出ると、豪勢に着飾ったセレスティナが高慢な笑みを浮かべて、いかにも待ちきれなさそうにそわそわしている。

『すごーく……重そう』

『ゴテゴテしてるし、近寄りたくない』

セレスティナの周りの精霊たちがいつも以上に近寄りたくなさそうにしていて、なんだか申し訳ない。いつもなら『監視役』としてセレスティナの近くにいるそうなのだけど……

「ねぇ？　もう、呼び戻してもいいんじゃないかしら？　私が近くにいるから今は監視の必要はないでしょう？」

そうこっそりと伝えると、精霊たちは喜び勇んで帰って来てくれた。ずっと自身を磨き続ける姿を見ることに疲れたと訴える精霊たちをなだめていると時間はあっという間に過ぎていった。

やがて、王家からの馬車の来訪を告げる前触れが訪れる。

「お待ちしておりましたわ、ジーフリート殿下！」

張り切ったセレスティナが笑顔で出迎える。

私はその後ろで、他の使用人に倣(なら)って頭を下げていた。かつん、と足音が近づく。

「――いや、こちらこそ。急な訪問で申し訳ない」

それはどこかで聞いた声だった。私の心臓がドクンドクンと大きな鼓動を刻む。

「どうか皆も楽にしてほしい」

う、嘘でしょう……どうして？　だって私がこの声を間違えるはずがない。

この声は、私の大好きな――

私は、他の皆と一緒になって、おそるおそる顔を上げる。そこに居たのは……どこからどう見てもジェフだった。

その瞬間、全てがつながった。彼が王都へ戻らなくてはいけなかった理由も、彼が私の恋心を知りながら別れを告げた理由もだ。

……ジェフとはあの日、路地裏で助けて出会って、友達になった。そして気付いたら私は彼に初めての恋心を抱いていた。庶民には必要のないお目付け役のヨハンを連れ、常に馬車で移動する彼は、我が家みたいな男爵家とは違って高位貴族なんだろうと思っていた。

私と同じで偽名なのも気付いていた。

だけどどんな名前であっても彼であることに変わりはない。

――そう思っていた。

でも、まさか彼が王子殿下だったなんて……

彼は愛し子をセレスティナだと思っている。つまりジェフはやはりセレスティナと……

……そんなのは嫌！　オーラス様の時とは違う絶望が胸を突き上げる。しかし、その時だった。

ジェフが部屋をぐるっと軽く見回した視線に、思わず息を呑んだ。

私の勘違いでなければ、ジェフは私に向かって微笑んだ……気がしたのだ。

ジェフは私に気付いていてくれたの？

でも、私はこの間と違って今は元の金髪に戻っているし使用人の格好をしている。

私は、無意識に服の上からネックレスを掴んでいた。

しかし私の動揺など素知らぬふりで、ジェフは、お父様とお母様を見て一瞬目を大きく見開いたあと、思わず……といった様子で呟いた。

「貴殿とご婦人は少し見ない内に随分とあ、頭が……いえ、社交界ではなかなか見ない斬新な頭をされていますね」

『あはは～！』

『言っちゃったぁ』

『みーんなが思ってたこと～』

ケラケラと楽しそうに笑い転げる精霊の傍らで、ツルツルになった頭を押さえたお父様が顔をピクピクと引き攣らせている。

寂しくなった頭を指摘されるのは特に嫌らしいので、ダメージは大きそうだ。ジェフは直視しないように視線を逸らすと咳払いをした。

「いや、何も……失礼」

「ホホッ！　殿下はご存知ないんですの？　今はサラサラの時代は終わりを告げ、これからはこういったチリ……髪型が流行る傾向でしてよ」

何故か分からないけれどお母様がとんでもなく強気に打って出ている。

ジェフはそんな謎の発言をするお母様に対して、一瞬だけ面食らった表情を浮かべたものの、すぐににっこりした表情を作る。

「……そうか。それは知らなかったな。無知ですまない。言われてみれば確かに男爵家の面々にはこのような髪型の人が多いようだ」

ジェフは再び辺りを見回しながら言う。その言葉に数人の使用人がビクッと身体を震わす。彼らは精霊のお仕置を受けた人たちだ。

「しかし、そんなに社交界で流行りの髪型であるなら、ぜひ、娘のセレスティナ嬢もその髪型にしたらどうかと思うんだが？」

「ぅえっ⁉」

そんな言葉と視線を向けられて、驚いたセレスティナがおかしな叫び声をあげた。

慌てたセレスティナは涙目になっていて、お母様の方を見て必死に無言で首を横に振っている。

『それ、いーねー！』

『そうだよ！ セレスティナもお揃いにしちゃおうよ☆』

『チリチリ親子だぁ～！』

『いいよね？ アリスティア！』

『ね！ ね‼』

その様子を見た精霊たちが、爛々と目を輝かせて私に聞いてくる。無邪気なのに圧が凄い！

私は悟った。精霊たちは髪の毛をチリチリにするのにはまってしまったのだと。

すごくいい笑顔で『頭を焼きそうで焼かないギリギリの絶妙感が楽しいんだよ！』と言っている。

さすがに鬼畜すぎる！

私の無言の首振りと「殿下ったら何を仰っているんですか！」というセレスティナの必死な声が

重なる。ジェフはセレスティナに対して首を傾げてみせた。

「何かおかしなことを言っただろうか？」

ジェフって、冗談なのか本気で言っているのか本当に分かりにくいのよね……

曇りないアメジスト色の瞳に見つめられて、セレスティナが一歩後ろに下がる。

「い、いいえ！　わ、私は今の髪型が気に入っておりますの！　ホホホ」

「そ、そうですわ！　セ、セレスティナは、こ、このままでよいのです！」

セレスティナとお母様が引き攣った笑顔を浮かべている。その顔はとてもそっくりだった。

「……そうか、それは残念だな。セレスティナ嬢ならきっと似合うだろうに……残念だ。ぜひ、見てみたかった」

それにしてもさっきからジェフの発言や行動がどこかわざとらしい。

まさか、わざと皆を煽っているのかしら。

お父様もジェフの様子がおかしいと思ったのか、もみ手しながら応接室へと彼を誘おうとする。

「で、殿下！　た、立ち話もなんですから一旦腰を落ちつけましょう！　ほら、お前たちも持ち場に戻れ！」

「そうか？　ならお言葉に甘えてそうするとしよう」

お父様のその声を受けて皆それぞれの持ち場へと戻って行く。どさくさに紛れて私も部屋から抜けるつもりだったのに、セレスティナにガシッと腕を掴まれてしまう。

「まさか、どさくさに紛れて逃げようなんて思ってないわよねぇ？　ここからがいい所なんだから、あなたは当然ここに残るのよ？」

セレスティナは私の耳元でそう囁いた。お父様に視線を送ると、茶でも淹(い)れてこい、と指示を出された。

――ああ、ジェフと精霊たちからの視線が痛い……

私はセレスティナにそういうわけだから、と言って、一度厨房まで退散した。それから紅茶をサーブして、セレスティナの願い通り壁際に控える。全員が紅茶を口に含んで、ようやくお父様が殿下への口火を切った。

「……そ、それで、ジーフリート殿下。本日はどういった目的で我が家に訪問を？」

すでに何処か疲れ切った様子のお父様に、ジェフがにっこり笑って答える。

「決まってるだろう？　精霊の愛し子であるセレスティナ嬢を迎えに来たんだ」

その言葉にその場がしんと静まった。お父様とお母様の顔は引き攣ったまま固まり、名指しされたはずのセレスティナは「は？」という顔をしている。

それはそうだろう。彼女は結局国王陛下の話すら聞いていないのだから。

私は大きく息を吸い込む。

「――違い……」

「どうしてそんな不思議そうな顔をするんだい？　セレスティナ嬢」

――違います！　殿下、あなたが探している精霊の愛し子は妹(セレスティナ)ではありません！

そう言おうとしたのに、肝心のジェフにその言葉を遮られてしまった。

「ふ、不思議そうな顔、ですか？　わ、私が？」

そう返すセレスティナの声は明らかに震えている。対してジェフは余裕を崩さなかった。

「だって、この話は先日、君が父上……陛下と謁見した時にも出ただろう？」

「……なっ」

セレスティナは言葉を詰まらせ、その顔は見る見るうちに青白くなっていく。

「まぁ、その時の君はこの件に関して、はっきり答えなかったようだけれど。それともまさかこの数日で綺麗さっぱりこの話を忘れてしまったのかな？」

「そ、それは……その、私……」

セレスティナは目を泳がせ口をパクパクさせるけれど、それ以上は何も言えない。だって、何の話か分からないから。

『あはは～困ってるぅ～』

『セレスティナは僕らが見えないからねー』

『精霊なんて信じてないでしょ』

『バカだね～アリスティアに行かせたからだ』

『もっと言ってやれぇぇ』

精霊たちはとても楽しそうにジェフへとエールを送っている。ジェフはその応援が聞こえているかのように、冷たい笑みを頬に刻むと、お父様に向き直った。

「……それはそうと、男爵」

「は、はい！　な、なんでしょうか……」

話を振られたお父様は明らかに腰が引けて怯えている。

「僕は訪問の手紙にはアリスティア嬢も同席するように、そう書いたはずだけれど？」

「あ、あなた？　そんな話聞いてないわよ⁉」

「お、お父様！」

これは私も初耳だ。同様に初耳だったのかお母様とセレスティナが、ぎょっとした様子でお父様を見る。お父様は四人からの視線を受けて、弱々しい声で答えた。

「ア、アリスティアは、その、け、今朝から具合が悪く……ね、寝込んでおります……」

「そうか。アリスティア嬢は病弱だと聞くからそう言うこともあるだろうと、見舞いの品を用意した。――ヨハン」

「はっ！　こちらに」

今まで静かに付き従っていたヨハンさんが小さな箱をジェフに渡す。その箱を手にして、ジェフはまたにっこりとお父様に微笑んだ。

「少しだけでも会話が出来そうなら、直接渡したい。彼女の様子を確認して来てもらえないか？」

「そ、それは……ア、アリスティアも、こ、困るかと……」

「確認してくればいい。何も僕だって本人が嫌がっている所に無理に押し入りたいわけではない」

ジェフの言葉にお父様は動かない。ツルッツルの頭皮を含めた全身の毛穴という穴から汗が吹き出している。そんなお父様にジェフは冷たい声で言った。

「……何故、様子だけでも見に行かせようとしない？　まさか会わせられない理由でも？」

「そ、そんなことは！　あり……ません」

「なら早く確認して来てくれ。あぁ、そうだ。ついでに僕の従者を連れて行ってくれないかな」

そう言われたヨハンさんがすぐさま立ってお父様の横に並ぶ。お父様の顔色はもはや真っ青を通り越して真っ白だった。

『ツルッツルもバカだねぇー』

『ここまで来たら正直に言っちゃえばいいのにね』

『アリスティアはここにいます、嘘ついてごめんなさいって』

精霊たちはお父様が絶対に言わなそうなことを口にする。

ここまで言っても立ち尽くすお父様に向けてジェフは冷ややかな視線を送る。その時だった。

「で、殿下？　アリスティアのことなんて後でもいいではありませんか！　今はそれよりも私との婚約の話を……」

この空気の中で、セレスティナがどうにか食い下がろうとするのを見て、ジェフがため息を吐いた。

「セレスティナ嬢。君とアリスティア嬢は双子だと聞いている」

「え？　そ、そうですが……」

「やはり似ている？」

その質問にセレスティナがたじろぐ。

「ふ、双子ですから……多少は？」

「なら、髪の色を同じにして化粧も同じように施せば、さぞかし君たちはそっくりなんだろうね？　そう。よく知らない人間が見た時に入れ替わっていても分からないくらいには」

たっぷりと含みを持たせた言葉にお父様、お母様、セレスティナの三人が大きく息を呑んだ。

ジェフは三人の反応を冷ややかに見つめてから、一呼吸おいて再度口を開いた。

「……セレスティナ嬢。先程、僕は精霊の愛し子である君を迎えに来たと言ったけれど」

「はい！」

セレスティナは何かを期待したのか、嬉しそうに返事をして顔を上げる。

「でも、僕には精霊の愛し子であろうとなかろうと、貴族令嬢であろうとなかろうと、そんなことは一切関係なく愛しく想っている女性がいるんだ」

その言葉に「まさか私のことをそれほどまでに……？」とセレスティナが瞳を潤ませる。

今までの文脈など一切消し飛ばして、目の前の言葉だけを信じられる才能にはある意味感動出来る。

ジェフはセレスティナの様子を見ながら、とりわけ甘く微笑んで言った。

「でも、その人はちょっとしたうっかりで間違った名前……セレスティナって名乗っちゃったみたいなんだ。今日の僕はそんな彼女を迎えに来たんだ」

「……は？」

その言葉にピシッとセレスティナが固まった。笑顔のまま固まったセレスティナをそのままに、ジェフがソファーから立ち上がる。そんなジェフの様子をお父様とお母様も呆然とした顔で見ていた。

ジェフだけが、いつも通りの甘い笑みを浮かべている。

「僕は彼女のそんなうっかりさんな所も可愛くて仕方ない。それに不思議なことに、僕にはいつだって彼女がキラキラして見えてね」

「……え？　は？　何言って……？」

「だからさ、僕には彼女がなんて名乗ろうとも、どんな髪色や服装をしていようとも分かるんだ」

コツコツと聞こえる靴音がこっちに向かってくる。

「あの日、助けてもらった時から僕の心はずっと君に囚われているんだ。――だよね、ティア？　……いや……」

ジェフが使用人の格好をした私の前でピタッと足を止めた。私がおそるおそる顔を上げ、目が合うとジェフはあのいつもの甘い笑顔と声で……言った。

「……アリスティア」

知らなかった。大切な人、好きな人に自分の名前を呼ばれるのがこんなにも嬉しいことだったなんて。

ジェフ――ジーフリート殿下は、アメジスト色の瞳をゆるりと細めて私に跪く。

「君はステファドール男爵家の隠されてきた長女、アリスティア。そして本当の精霊の愛し子――」

言葉が喉から上手く出ないまま、私の視界が涙で狭まっていく。

「違う……かな？　僕はかなりの確信を持って言ってるんだけど」

そうは言いつつも、ジェフの瞳は不安そうに揺れている。自信があるのかないのかどっちなの？

と、涙が出てるのにクスリとした笑いが込み上げてしまう。

ジェフはカッコイイのにちょっと情けない。でもこういう所も……好きなの。

「違い……ません。私がアリスティアです。ジェフ……いいえ、ジーフリート殿下」

「いや、今まで通りジェフと呼んでほしい。ティアだけが呼べる特別な僕の呼び方だ」

「特別？　私だけ？」

私だけの特別だなんて、どうしよう。とても嬉しくてむず痒い。

こんな気持ちは初めてだった。

「僕は、あの日……君が僕を助けてくれたあの瞬間からずっと君に恋をしていた」

「ジェフ……」

「天使だと、確かにそう思ったんだ」

「……そ、それは大袈裟、よ？」

「大袈裟なものか！　君は僕の……僕だけの天使なんだ！」

――あぁ、またネックレスが熱い。ジェフからもらったネックレスが彼の気持ちに反応したのかとても温かい。ぽろぽろと涙をこぼしながら胸元に隠したネックレスを握り締める。

そんな私をジェフは慌てたように抱きしめた。

「大丈夫？」

「大丈夫。ネックレスが……。ううん、ジェフ……あなたの気持ちが温かくて嬉しいの」

――本当の名前であなたと向き合える事がたまらなく嬉しい。

私が目に涙を浮かべながらそう告げると、ジェフが再び私の名前を呼んだ。

「……アリスティア。それからこれを君に」

そう言ってジェフが差し出したのは、『アリスティアへのお見舞い』に持ってきたと言っていた小箱だった。

「私へのお見舞い？　これはその場しのぎのものではなかったの？」

「違うよ！　本当にアリスティアのために持って来た」

そう口にするジェフの顔がほんのり赤い。

「ジェフ？」

私が首を傾げると、ジェフは大きく深呼吸してから声を張り上げた。

「アリスティア・ステファドール男爵令嬢！」

「は、はい！」

「僕とこの先の未来を共に歩んでほしい。僕は君を……アリスティアを愛している」

「ジェフ……？」

「それはこの先もずっと変わらない。僕の愛は生涯アリスティアのものだ」

ジェフがそっと私の手を取り、キスを落とす。それからゆっくりと小箱を開く。その中に入っていたのは、紫の宝石が嵌(はま)った美しい指輪だった。

ドクンッと私の胸が大きく跳ねる。

「どうか、この手を取ってジーフリート・エブゲニア・ウィストンの妃となってほしい」

それはどこからどう聞いてもプロポーズの言葉だった。好きな人に生涯を共にして生きたいと願われる。こんなに幸せなことはない。胸が熱くなり、涙が止まらないまま私は彼を仰いだ。

「この石は……」

「ティアに贈ったネックレスと同じ石を使ってある。王都に戻って来てから急いで作らせたんだ」

「戻って来てから……？」

「そう。ティアにプロポーズするために、だ」

ジェフはそっと私の刺繍が入ったハンカチで、私の目元をぬぐってくれる。それから少し迷ったように黙り込んでから、息を吸う。

「でも、断ったっていい。僕の妃になると、君は特殊な立場に立つことになる。君に辛い思いをさせたくはない。けれど僕は君がいい。これは僕の我儘だ」

「ジェフ……」

「それはもちろん、君が愛し子だからじゃない！　僕はアリスティア自身を愛している」

ジェフの視線はとても真剣かつまっすぐで、それが嘘偽りのない言葉だと私に伝えてくれていた。

——愛し子じゃない、ただの私でも愛してくれるの？

「ジェフ!!」

堪らなくなった私はジェフに抱き着いた。

「わわわっ、アリスティア」

「――好き、私もあなたが好きです！」

私は、抱き着かれて慌てているジェフに向かって叫ぶ。

「ジェフ……ジーフリート様のことが、大好き……だから、どうか私と」

――この先もずっと一緒にいてください！

声にならなかった声は、きちんとジェフに届いたようだった。

「アリスティア!!」

ジェフが強く強く私を抱き締めて、精霊たちが嬉しそうに周囲を飛び回る。

『わ～～』

『アリスティア幸せいっぱいだぁ』

『よかったねぇ』

『ジェフのことが大好きっていっぱい伝わってくる～』

「みんな……」

「どうかしたの？」

思わずそんな言葉をこぼすと、ジェフが不思議そうに訊ねてくる。ようやくこの問いにも素直に返すことが出来る。

「……精霊たちが、幸せいっぱいでよかったね、と」

「そっか。祝福してくれているんだね」

ジェフが嬉しそうに笑うから、つられて私も笑う。

──あぁ、幸せ。そう思った時だった。

「……ちょっと待ちなさいよ‼　これはどういうことなのよ！」

幸せな雰囲気を一気に壊すかのようなセレスティナの怒声が響き渡った。

──すっかり存在を忘れてしまっていた。

セレスティナは怒りで顔を真っ赤にして、プルプルと身体を震わせている。

「意味が分からないわ‼　どうして私ではなくてあなたがプロポーズされてるのよ⁉」

セレスティナが怒りの形相で叫ぶ。お父様とお母様は、顔を真っ赤にして叫ぶセレスティナの横で未だに呆然として微動だにしない。

「プロポーズされるのは私のはずでしょう？　殿下、間違えていますわ‼」

「僕は何ひとつ間違えてなどいないが？」

「……は？　やだ、酷いです。だってこんなことは有り得ません。殿下は私を見初めたから今日もこうして……」

セレスティナは必死に食らいついた。ジェフは私を抱きしめたまま冷ややかに言い放つ。

「……勘違いしないでくれ。そもそも、君を王都に来るようにと呼び出したのは妃にするためではない。君が思い込みで勝手にそう解釈しただけだ」

「は？」

ジェフのその言葉でセレスティナの顔が盛大に引き攣る。

『うっわ！　怒ってるねー』

『心の中のどす黒さがそのまんま顔に出てるよ～』

しかしセレスティナは粘り強かった。私を指さしてジェフにまくしたてる。

「そ、それでも、何故アリスティアを……？　彼女は災厄をもたらすと予言されたのです！　そんな女を選んだら殿下が……」

「これ以上、アリスティアを侮辱するな！」

――災厄をもたらす女。セレスティナが口にしたその言葉に私が肩を震わせたのが分かったのか、ジェフは私の肩を抱いたまま、強めに言い返した。

「ティア……アリスティアは災厄をもたらす女なんかじゃない！　僕に幸せを運んでくれる女性だ。災厄をもたらすと言うならそれはセレスティナ嬢、君の方だ！」

「っ！　どうして私が！」

セレスティナのその反論に、ジェフはさらに冷たい目を向ける。

「僕がここに来るまでに何も調べずに来たとでも？　――なぁ、男爵夫妻」

ジェフの冷たい声にお父様とお母様が青白い顔で震え出す。二人は矛先を自分たちに向けられるのが怖かったのか、セレスティナの暴走を一切止めようともしていなかった。

「お前たちは、長い間アリスティアという存在を隠し続けただろう。それもかなり徹底的に！」

お父様が図星を指されたと言わんばかりの表情を浮かべて項垂れる。

そんなお父様の様子を見たジェフはため息を吐きながら言った。

「……きっとお前たちには、家族から要らないと言われ続けた子供の気持ちなど分からないんだろうな」

うまく言えないけれど、ジェフのその言葉には凄く重みがあるように感じた。

「他人に言われるだけでも傷付くんだ。それを本来なら自分を守ってくれるはずの家族に言われ続けたアリスティアの気持ちを、お前たちは少しでも考えたことはあるのか！」

ジェフの言葉にお父様もお母様もセレスティナも驚いた顔をして黙り込む。

「何故、お前たちの中でアリスティアが災厄をもたらす女なんてものになっているのか僕は知らないが、これだけは言える」

いつも穏やかな表情を怒りに変え、ジェフがお父様たちに指を突き付ける。

「その災厄とやらは、ティアが……アリスティアがもたらすんじゃない！　お前たち自身の醜い心……自らの手がもたらすんだ！」

「ふざけないで！　わ、私のどこが醜いですって⁉」

「お前がふざけるな。――セレスティナ嬢。ここまで聞いても君はなんで私じゃないのと怒鳴るだけでアリスティアに対して謝罪一つすらしない。まぁ、それはそこの夫妻にも言えることだが」

ジェフの視線がお父様とお母様に移る。この国の王子であるジェフに対して、不敬な態度を取るセレスティナに対してお父様とお母様は言葉すら発せずにいる。

ジェフはそんな二人を見やって、再び冷たく言い放った。

「アリスティアはこのまま僕が連れて行く。もうこれ以上この家に置いておくわけにはいかない」

「いえ、殿下。そ、それは……」

そこでお父様がようやく声をあげた。

ずいぶん慌てた声に、目を瞠る。

どうしてお父様がこんなに慌ててるの？

しかしその反応も予想していたのか、ジェフはますます嫌悪感をあらわにした。

「今頃気付いたのか。ステファドール男爵領が長年豊かで栄えていたのが、誰のおかげなのかを」

「どういう意味よ……！」

セレスティナは本当に理解していないようで、苛立ったように怒鳴り散らした。その様子を見たジェフが呆れたように返す。

「君がこれまでそこの夫妻から、たっぷりと愛情を与えられ、なんでも買ってもらい、毎日温かい食事を食べてぬくぬくと過ごして来られたのは、全部、アリスティアがいたから、ということだ」

「……はい？」

「まだ分からないのか？　精霊たちはアリスティアのためだけにこの土地を守ってきた」

ジェフのその言葉に私は驚いて精霊たちを見る。

『えへへ』

『とーぜん！　だってアリスティアが居る所だからね』

「……これまでなんの苦労もなく幸せに過ごしてきたことを、アリスティアに感謝しろ」

「なっ」

ギリッと音がしそうなほどセレスティナが歯を食いしばる。

「そんなの認めない！　私は絶対に認めない!!　私は信じない!!」

「信じようと信じまいとすぐに分かるさ。どうやら君の父上はそれを察しながらアリスティアを冷遇し続けていたようだけど。君たちにこの先、幸せがやってくるとは思わない方がいい」

ジェフのその言葉にセレスティナがまたしても叫ぶ。もはや相手が王子様だということを忘れているような形相だ。

「幸せになるのは私よ！　王妃になって皆から敬われるのも私なんだから！　ああもうアリスティア！　全部あなたの……あなたのせいよ！」

セレスティナが物凄い形相で私に掴みかかる。

ジェフが私の名前を叫んだ後、私を庇うように覆いかぶさる。

それから何も見えてはいないはずの空中に、小さく声をかけた。

「僕からはセレスティナ嬢に何も出来ない。あとは頼んでいいかな？」

『任せて！』

『アリスティアに手を出すのは許さなーい!!』

『近付くな！』

『えーい、お前なんかこうしてやるーー！』

——え？　まるで一瞬ジェフと会話が成り立ったように、精霊たちが一斉に動く。

そして赤い精霊の子の掛け声と同時にポッと音がしたかと思うと、セレスティナの黒々としてまっすぐな髪が毛先からチリチリと燃えて、くるんくるんになっていく。

「え？　何……きゃあぁぁぁ！　なんでよ!?　何これ、やめてよ！　私の髪ぃぃぃぃ」

『いらないよね』

『無くなっても困らないし』

『すっきりしていいかも～！』

『さっぱりー！』

チリチリと燃えていくセレスティナの髪を見ながら精霊たちが楽しそうにはしゃぐ。

「……大丈夫か？　アリスティア」

「え、えぇ。私は大丈夫。ありがとう」

私を腕の中に庇ったジェフが心配そうに聞いてくれたけど、精霊とジェフのおかげで私まったくの無傷だった。

――というか、やりすぎ、では？

「嫌ァァァ、私の、私の髪の毛ぇぇ、お母様と同じチリチリは嫌ァァァーー」

「っ!!　なんですってセレスティナ!!　あなたなんて言い方をするの！」

「嫌なのよォォー、お父様みたいにツルツルになるのも嫌ァァァーー」

「セレスティナっっ!!　お前！」

ツルツルという言葉が禁句のお父様も黙ってはいない。

「黙って見てないで、誰か早く消してよ!!」

セレスティナの叫びにも、私の戸惑いにも精霊たちは止まる気配を見せない。

『『大丈夫ー、きっと似合うよ☆』』

口をそろえてポーズを決めた精霊たちを見て、ジェフに助けを求めるように視線を送ると彼はセレスティナ周辺の混乱を見た後、困ったように頬を掻いた。

「アリスティア……もしかして精霊たち、相当怒ってる？」

「怒っている……というか笑っているわ」

こんなに楽しそうにしている精霊たちは見たことがないというくらいに、彼らは楽しそうだ。頭を抱えて逃げまどっているお父様とお母様を狙っている子もいれば、セレスティナの髪の完成形について相談している子もいる。こうなってしまうと私の声が届くかも分からない。

ジェフの腕の中で誰から声をかければ……と周囲を見回したときだった。

「私の髪の毛が、無くなっちゃう……っ、みずを、水をちょうだい!!」

セレスティナの声にぎょっとする。その言葉はいけない！　けれど止めるのが一足遅かった。

『分かった！　お水だね!!』

『しょうがないから、沢山あげよう！』

思ったとおり、セレスティナのその声は水責め大好きな精霊たちを大きく刺激したようで、ザバーッとセレスティナに大量の水が降ってくる。

「きゃぁぁぁーー!?　なんでぇ、冷たっ、く、苦しっ」

『えーー？　お水が欲しいって言ったからあげたのにー』

『我儘だねぇ〜』

『もっと、あげちゃえ！』

精霊たちのその声と共にザバザバと降ってくる水の勢いが強まる。

「うえ!?　ちょっ、なんでよぉぉぉ!!」

セレスティナのそんな悲鳴が続く中、お父様が悲痛な声を上げる。

「や、屋敷が……水浸しに……うぁぁ、あっちは燃えている……」

お父様とお母様が膝から崩れ落ちていた。

『ん？　よーし、お前たちもだぁ！』

「ぎゃぁぁぁー！」

「きゃぁーー!?」

精霊たちはそのままの勢いでお父様とお母様のことも嬉しそうに水責めにし始めたようだ。

『きゃはは－』

『ずっとしたかったんだぁ』

『アリスティアを苦しめたお仕置だ！』

そんな光景を見ながらジェフは私の横でポソっと一言呟いた。

「ティア……精霊って凄いんだね。絶対に怒らせちゃいけない……」

私もここまで凄い光景は初めてだったので、こくこくと頷くにとどめたのだった。

しばらくして、すっきりした表情の精霊と共に、私たちは大惨事になった屋敷を後にした。

「ティア、大丈夫？」

「大丈夫」

私はジェフと共に王宮に向かう馬車に乗り込む。屋敷から出ていく時に見えた三人の姿は、悲惨そのもので使用人たちもかなり困惑している様子だった。ジェフはやれやれと言いながら馬車の座席の背に凭れかかる。

「監視を置いて来たけど、必要なかったかもしれないね」

「……確かに」

ツルッツルになったお父様は、なかなか自分のその姿を受け入れることが出来ずにいたし、チリチリになったセレスティナとお母様もあの髪では恥ずかしくて外出しようとは思わないはずだ。

「うーん、僕もアリスティアを泣かせたら……チリチリかツルツルになるのかな？」

「えっ！」

ジェフが自分の銀髪を触りながらぼやいた。

『もっちろーん！』

『綺麗なツルツルにしてあげるねー？』

『泣かせたら承知しないぞ〜』

精霊たちはノリノリでそんなことを言い出したので私は慄いた。精霊は本気で言っていてジェフが相手でも容赦する気はないと分かってしまう。私の様子を見たジェフも顔をひきつらせた。

「えっと、アリスティア。君が否定しないということはそういうことだね……？」

私はどう答えたらいいのか分からず、ジェフからそっと目を逸らした。

やっぱりこんな物騒な精霊たちといるのは怖いかしら。災厄を呼ぶ、というのがまさか精霊のことじゃないだろうけど、今のこの状況ではそう思われても仕方ない。

せめて精霊たちをもう少し止めるべきだった、と反省していると、横からジェフにぎゅっと手を握られた。

「……でも大丈夫だよ」

やけにはっきりとした口調と声音に顔を上げる。するとジェフはいつものように優しく微笑んでから、もう片方の手で私の頰を優しく撫でた。

「僕は絶対にアリスティアを泣かせたりしないから、精霊たちも怖くない」

「ジェフ……！」

「僕はティアの笑顔が大好きだから、ティアにはいつだって笑っていてほしい」

ジェフが甘く優しく蕩けそうな微笑みでそんなことを口にするものだから、きゅんとしてしまう。

「僕はそのために努力をこれからもずっとし続ける。約束だ」

ジェフはそう口にしながら私の手を持ち上げ、手の甲にそっとキスを落とした。顔を上げたジェフの視線はどこか熱を孕んでいた。

「ティアは僕の気持ちとプロポーズを受けてくれた」

「あ……」

「婚約者となるのは、まだこれからだけど、もう僕たちは恋人だ」

「恋人……」

その甘い響きにドキドキしていたら、ジェフの手が私の顎にかかり顔を上に向けさせられる。

とても近い距離で目が合った。

「……アリスティア。僕は君を愛しているよ」

「わ、私もです……ジェ……ジーフリート様」

言い直した私にクスリと笑うと、そのままジェフの顔が近付いて、そっと私たちの唇が重なった。

「……ティア」

再び目が合った私たちはしばらく見つめ合っていたけれど、お互いの顔は真っ赤で照れくささと共にしばらく沈黙してしまう。沈黙しているのに幸せ。ジェフが私を望んでくれたことがたまらなく嬉しい。

「男爵領でティアと別れて王都に戻った後も、一日だってティアを想わない日はなかったよ」

「ジェフ……」

「だから、王宮でティアの姿を見た時は本当に驚いた」

「……髪も染めて何もかもセレスティナになっていたのに私だと分かったの？」

私のその言葉にジェフはフッと微笑む。

「さっきも言っただろう？　僕はティアならどんな髪色や格好をしていても絶対に分かるって」

「……聞いたけど」

「僕はこれからも絶対にアリスティアを誰かと間違えたりしないし、見失ったりしないよ」

「ん？　あ……」

そう口にしたジェフがもう一度私にキスをする。胸が何だかとても擽ったくて、頭もクラクラしてきた。そして、そっと唇を離すとジェフはちょっと真面目な顔をして言った。

「あの日、ティアと会った後、父上と母上に呼び出された」

「え？」

「二人は言ったよ、愛し子はセレスティナ嬢に間違いないと」

「……ごめんなさい」

私がセレスティナのフリをしたから、ややこしくなってしまった。

落ち込む私の頭をジェフが優しく撫でてくれる。とても温かい手だった。

「……その時はにわかには信じられなかった。けれど、元愛し子の父上がそう言うのならそうなんだろう……って思おうとしたんだけれど、やっぱりどこか納得がいかなくてね」

ジェフは複雑そうな表情を浮かべる。その顔だけで彼の苦悩が見て取れた。

「それに、ティアの様子が気になっていた。何故、王都にいて護衛を連れていたのだろうって」

「驚くわよね」

ジェフの手が頭から離れ、今度は私の頬に触れる。

「最後まで聞けなかったけれど、ステファドール男爵家にいるとティアは言った。最初は君が男爵家の使用人なのかとも思ったんだけど、母上がネックレスのことを言い出してくれたおかげですべてが繋がった」

「あ！」

「謁見したセレスティナ嬢が僕のネックレスをしてたと言うから本当に驚いた。でも、そのおかげで、君がアリスティアでセレスティナの代わりに現れたんだと確信が持てたんだ」

「私たちが双子だって知っていたの？」

「うん。セレスティナ嬢の説明をされたときに少しね。あまりに情報が出てこなかったから、ヨハンに調べてもらったんだ」

その言葉に、今日は馬車の御者を務めているヨハンさんの方を向く。彼はずっとジェフのお世話をしていたけれど、調べものもお手の物だったようだ。

「だからアリスティアを呼び出した？」

「ちょっと、強引だったよね、ごめん。でも君を見つけられて嬉しかった。いつも通りの髪色の君に会えたしね」

そっと金色の髪をすくいとられ、キスが落とされる。確かに『セレスティナ』として謁見したときには髪の色が黒かったから、王都でこの姿のまま会えたのは今日が初めてだ。ジェフは私をうっとりと見つめてから言葉を続けた。

「ティアとセレスティナ嬢は双子だから顔立ちは確かに似ている。でも、やっぱり全然違うんだよ。僕はティアを可愛いとか、綺麗だとかずっと思っているけれど、セレスティナ嬢に対してそんな気持ちは一度も抱けなかった」

「ジェフ……」

「僕の心を揺さぶるのはいつだってティア。アリスティア……君だけなんだ」

そう言って、再びジェフから甘い甘いキスが降ってくる。

『わーい』

『アリスティア、嬉しそう！』

『幸せいっぱい、よかったね』

精霊たちも喜んでくれていて、私はようやく自分の居場所を見つけた幸せを噛み締めた。


王宮に着くと、ジェフは私を事前に用意していたという部屋へと案内してくれた。

「何がなんでもティアを連れ帰ると決めていたから用意していたんだ。ちょっと狭いかもしれないけど……」

そう言われて案内された部屋は、今までの私の生活からすれば豪華そのものだった。

こんなに広いのに狭いだなんて……さすが王子様。そう言えば、『ジェフ』として会った時もどこか金銭感覚がおかしかったことを思い出す。

「私には充分すぎるくらいよ」

「そうなの？」

部屋の広さだけで驚いているような私は、きっとこの先も驚かされることばかりなのだろう。

「疲れているだろうから今日はゆっくり休んで？　父上たちとの話はまた後日になると思う」

「……何から何まで、ありがとう」

お礼を伝えるとジェフは優しく微笑んだ。

「お礼なんていらないよ。僕はティアがそばに居てくれるだけで……その、嬉しいから」

そう言って優しく抱きしめられる。ジェフはどこまでも私に優しい。まだ日が暮れる前だというのに、そのままおやすみと言って出ていきかねない姿に慌てて彼の袖を引く。

だからこそ――……私はどうしても先に彼に聞いておかなくてはならないことがあったのだ。

「ジェフ」

「うん？」

「その……一つだけ聞きたいことがあるの」

そう言って、私が椅子を勧めると、ジェフは少し驚いた顔をしてからすぐに頷いてくれた。

これは、ずっと私が気になっていたことで、聞かなくてはならないこと。私は息を小さく吸い込んで、ジェフに向き直った。

「ジェフは、私が愛し子であることを……どう思ってる？」

「どう、とは？」

「これまで祝福の加護を授かって愛し子となっていたのは王家の子供で……だから……私はジェフから愛し子の力を奪ったことに……なるわ」

そう言うとジェフは黙ってしまった。余計なことを聞いてしまったかもしれないけれど、このことをジェフがどう思っているのかは、ちゃんと知っておきたい。

この先、王子から愛し子の力を奪った女だと言われる時があるかもしれない。今だって、『私』には怒っていなくても『愛し子』への複雑な感情があったっておかしくはない。

そう思って彼を見つめると、彼はいつもと変わらない微笑みを浮かべて言った。

「……正直に言えば、複雑な思いがないとは言えない」

ジェフは私の手を取り、指を絡めながらそっと握り込んだ。

複雑な思い……その言葉でジェフがお父様たちに向けていた言葉を思い出す。そう、あの時私は思った。ジェフのこの言葉にはとても重みがある、と。

「何をどう努力して頑張っても愛し子ではないから将来が心配だと、僕は今までそう言われてきた。いや、今も」

「そんなの！　ジェフのせいではないのに！」

「だよね」

あはは、とジェフは笑う。でも、その笑顔に元気はない。

「子供の頃は悔しかったし、どこのどいつだよ！　って愛し子に怒りを覚えたこともある」

当然だ。彼が得るべきだった誉め言葉や精霊からの愛情を奪っていたことに、今更ながら罪悪感で胸がつぶれそうになる。しかし、ジェフは言葉を切ると、打って変わって明るい笑みを浮かべた。

「でも成長と共に気付いた。愛し子はちゃんと精霊が好きだと思った人を選ぶべきなんだよ。王家で独占するものじゃない。本当に相応しい人がなるべきだって」

その言葉に驚いて私はまじまじとジェフの顔を見る。

「そして、実際にこうして愛し子に選ばれたティアと会ってみたら、自分の考えは間違ってない！本当にそう思えた」

そう口にするジェフの顔は、気持ちを誤魔化しているとか強がっているとか、そんな様子はまったくない。私はそんなジェフを見て涙が溢れそうになった。

これまでどれほど周囲からの心ない言葉を受け続けて、その結論に辿り着いたのだろう？たまらなくなった私はそっとジェフの顔に手を触れ、彼の目を見つめた。

「ティア？」

「大好きです、ジーフリート様」

「え!?」

ジェフの顔が一瞬で真っ赤になった。

「あなたのその強さと優しさが好き。……あのね？　それは精霊たちも同じだと思うの」

「……精霊も？」

「だって、あの日。あの路地裏で私がジェフを発見したのは精霊たちのおかげなんだもの」

「え……？」

ジェフの目が驚きで丸くなる。私はあの時にあったことを正直にすべて伝えた。

——精霊たちに助けてほしいと言われて、ジェフの元に行ったこと。普段そんなことを言わない精霊たちが一生懸命になっていたこと。

「それに、あなたが私にくれたこのネックレス」

私は服の下からネックレスを取り出して、ジェフに見せた。不思議な温もりを与えてくれるこのネックレスは今日も不思議な光を放っている。

「精霊たちはこのネックレスに加護を与えていたそうよ？」

「これに？　精霊たちが？」

呆然とするジェフに私は微笑む。

「このネックレスがあったから、あの時腕の怪我で済んでいたと、精霊たちは言っていたわ」

「ジェフも精霊たちにずっと守られていたわ。つまり私も精霊たちも、ジェフが大好きなのよ！」

たとえ、それが王家が求めていた『愛し子』じゃなくても。

そう言おうとしたところでジェフにガバッと力強く抱きしめられた。そっと体に腕を回すと、ジェフの身体は少し震えているようだ。

『あー、ジェフ泣いてるぅー』

『泣き虫だぁ～』

『まぁ、僕らはアリスティアが一番だけどー』

『でも、ジェフも放っておけないんだよね～』

ジェフが落ち着いて顔を上げてくれたら、精霊たちのこの言葉も伝えなくてはと思いながら私もジェフを強く抱きしめ返した。

王宮に来てから数日後、遂に国王陛下と王妃殿下と再び謁見する日がやって来た。

「おはよう、ティア」

「お、おはよう」

朝食と支度を終えた私をジェフが迎えに来た。

「準備は大丈夫？」

「えぇ、王宮の侍女さんって凄いのね？　あんな短時間で私をこんな姿にするんだもの」

朝の短い時間で、肌から髪の手入れをこなし、それを人前に出せる姿まで持っていく。また、いつの間にかドレスが用意されていたことに驚いた。ジェフの瞳の色を彷彿とさせるこのドレスはジェフからのプレゼントだという。

ドレスのシルエットはウエストから裾にかけて徐々に広がるとてもシンプルなデザイン。なのに、手触りは滑らかで光沢のある生地が使われていて、全体に散りばめられている刺繍も見事としか言えない。そんな素敵なドレスだった。

「そっち？　僕は心の準備を聞いたのに」

「え？　そうなの？」

ジェフはクスクスと笑った後、じっと私を見つめながら言う。

「うん、いつも通りの可愛い僕のティアだ」

「ま、また！　そういうことを……！」

「僕はいつでも本気だよ？」

「うっ！」

ジェフは、私が愛しくて愛しくて仕方ないという目をしていたのでドキドキが止まらない。

「普段から何をしていても可愛いけど、すぐに赤くなるところはもう可愛くて可愛くて堪らない」

『そーそー、アリスティアは可愛い！』

『見る目があったのは褒めてあげるよ！』

「ん？　もしかして精霊たちも、ティアが可愛いと言っている？」

「な、なんで分かるの⁉」

何かを感じ取ったのか、ジェフが精霊たちの言葉を言い当てた。このところ精霊たちとジェフは、一方通行と思いきや、謎のコミュニケーションを成功させているようだ。

私が驚くとジェフは愉快そうに笑う。

「分かるよ、この頃僕は精霊たちとアリスティア大好きの一番争いをしているんだよ？」

『一番は僕だよー』

『違うってば！』

『負けなーーい』

「僕も精霊たちには負けないからね！　絶対に一番になると決めている！」

また会話が噛み合っていて笑ってしまう。

「もう、ジェフ！」

あはは！　と笑いながらもジェフの顔が近付いて来たので私はそっと目を瞑る。

程なくして、私の唇にそっと柔らかいものが触れた。こうして好きな人と笑い合って、愛情いっぱいに触れられることがとてもとてもとても、幸せ。本当は欲しくて欲しくてたまらなかった。愛情。

ジェフは私に言ってくれた。

小さかったアリスティアがもらえなかったたくさんの愛情をこれからは僕がたくさん贈るよ、と。

手に入らないとずっと諦めていたものが今、こうして手の中にあることがひたすら幸せだった。

「――仲睦まじいのは結構ですが、お時間ですよ」

ヨハンさんの控えめなノックで慌てて体を離す。私たちは謁見の場へと急いだ。


「改めまして、ステファドール男爵家が長女、アリスティア・ステファドールと申します」

「顔を上げよ、アリスティア嬢」

セレスティナとしてではなく、アリスティアとして国王陛下に会うことがあるとは思わなかった。

そのまま前回偽りを述べてしまった謝罪をするはずが、遮られてしまいおそるおそる顔を上げる。

すると陛下は、どこか眩しそうな目で私を見ていた。

「アリスティア嬢、君はとても精霊に愛されているのだな」

その言葉に、精霊の愛し子について咎められるのかと、一瞬ドキリとする。私は頭を再び下げて、精霊たちについて話し始めた。

「……物心がついた時から、私の周りにはこの子たちがいました。彼らは……精霊たちは私の唯一の話し相手で、気付けば当たり前のように傍に居てくれる存在でした。知らなかった、で済む話ではありませんが——精霊の愛し子というものについて無知だったのです」

叱責すら覚悟の上の言葉だったが、国王陛下は呆れたように周りの精霊たちへと視線を向けただけだった。

「……まったくお前たちは……」

『えへへ～』

『だってねー』

「よい。加護や愛し子について彼らから説明されたわけでもないのだろう？　……精霊は気まぐれだから、な。仕方あるまい。さて、それでアリスティア嬢。君とジーフリートのことだが」

「はい」

緊張のせいもあって思わずギュッと固く拳を握りしめてしまう。

「ティア」

すると、隣に座っていたジェフがいつものように甘さを含んだ声で私の名前を呼んだ後、固く握りしめていた私の手を取り、優しく解きほぐしてくれる。

私が驚いていると、そのまま甘く微笑みながら手を握ってくれた。

大丈夫だと言ってくれているような仕草とさりげない優しさに胸がときめく。

そのままジェフを見上げていると、国王陛下の咳払いが割り込んできた。

「あー……お前たちはいったい何故、突然目の前で二人の世界を作りあげたのだ……」

「びっくりしたわ……ジーフリートのそんな顔、初めて見たわ」

国王陛下と王妃殿下の言葉に慌てて視線を戻す。

『分かってないなぁ、甘えん坊』

『そこがいいのにね〜』

『余計なことは言わないでよー』

「精霊たちが何か言っているのか？」

「いえ、特には……」

さすがに陛下を甘えん坊と呼んでいるとは言えない……と首を振ると、陛下は首を傾げてから、再び咳払いをした。

「話を戻そう。ジーフリートは君を妃に迎えたいと言っている。そして、その気持ちを受け入れてもらったとも。君も同じ考えで間違っていないか？　……まぁ、何やら聞くだけ無駄な気もするが」

陛下にどこか呆れた顔で確認される。

なぜ、そんな顔を？　と、思ったけれど、そこは私もはっきりと陛下の目を見つめて答える。

「はい。何もかもが至らない私ですが、この先を殿下と共に生きていきたいと思っています」

するとジェフと繋がっている方の手……プロポーズの時にもらった指輪が熱を持ちはじめる。

『アリスティアのジェフ大好きーの気持ちに反応してるんだよー』

『指輪にも僕らの力を入れておいたから〜』

どういうことかと精霊たちを問い詰めたかったけれど、それより先に陛下がゆったりと頷いた。

「アリスティア嬢、君が愛し子であるのは明らかだし、何よりジーフリートも君もお互いを強く望んでいる。反対の言葉などあるはずがない。婚約の発表もすぐ――そうだ、ジーフリートの誕生パーティーで執り行おう」

「既に、ジーフリートのネックレスも贈られているみたいだしね。本当にこの間は驚いたわ。どこかの平民の女性に贈ったと聞いていたから……」

「す、すみません。それは、私が色々と偽っていたからです」

王妃殿下の言葉に必死で謝罪する。しかし二人は鷹揚に首を振ってくれた。

「その件は構わん。事情があったとして不問に付す。だが……ステファドール男爵。そなたの両親と妹の件は別の話だ」

「……はい」

「セレスティナ嬢は修道院に送り、ステファドール男爵は領地と爵位を剥奪。が……だがそこからの行動は彼ら自身の問題だ」

既に処分が決まっていたことに驚くが、おそらくはジェフが裏で行動を進めていてくれたのだろう。はい、と返事をしようとした時だった。

「――お話し中、大変申し訳ございません！　ジーフリート殿下に至急のお話が！」

扉の外からノックと共にそんな声が聞こえた。皆で顔を見合わせる。

「ヨハンの声だ。僕に至急の話？　なんだろう」

ジェフにも心当たりがないようだった。だけど、陛下と謁見中であると分かった上で訪ねて来ると言うのは穏やかではない。

「ティア、そんな顔しないで？」

「え？」

「すごく不安そうだ」

ジェフがそう言いながら、繋いでいた手を離すと今度は優しく私の頬を撫でてくれた。

「ちょっと確認してくる。父上、母上、少しの間失礼します」

「あぁ……」

そう言ってジェフは扉に向かい、訪ねて来たヨハンさんの話に耳を傾けていた。

「はぁ!? 待ってくれ！ どういうことだ！」

扉の入口からジェフのそんな大声が聞こえてくる。

「なんだ？ 穏やかではなさそうだが」

「そうね……」

陛下と王妃様もジェフの発したその声に心配そうな表情を浮かべる。私も嫌な予感がしてきた。

『アリスティアー』

『大変だよぉ！』

その時、ジェフの傍についていた精霊たちが慌てた様子で戻って来る。

『ジェフの会話聞こえた！』

『消えたって！』

『セレスティナがいなくなった！』

「……え？」

——一瞬、言われた意味が分からなかった。セレスティナがいなくなった？

「……あの頭で？」

最初に出た言葉がそれだった。

「そう。あの頭のまま、だよ。修道院に向かう途中の馬車が襲撃され、セレスティナ嬢ごと消えたらしい」

「ジェフ……！」

話を終えたジェフが戻ってくる。

「聞こえてた？　セレスティナ嬢が姿を消したという話なんだけど」

「精霊たちがジェフの会話を教えてくれたの」

「そっか……」

ジェフは顔を曇(くも)らせた。ステファドール男爵家の三人にはもちろん監視は付いていた。そして本日、セレスティナの乗った馬車だけが何者かに襲われたという。これは偶然なのか誰かの意思によるものなのか……不安が募る。

「御者や同乗していた者たちは多少の怪我はあれど無事だったようだが……セレスティナ嬢だけが見つからないそうだ」

「そうなのね……」

話を聞いていると、どこか精霊たちがそわそわしているように見える。私は視線を上げて精霊たちに訊ねた。

「もしかしてあなたたちならセレスティナが今、どこにいるのか分かったりするの？」

『出来るよー』

『あの嫌な気配は分かりやすいもん』

『気持ち悪いから近づきたくはないけど、アリスティアのためならいいよ～』

一際セレスティナを嫌っていた赤髪の精霊――ティーヤがつんと言う。彼は最後の大活躍の後に名前をねだったので、名前をつけてあげたのだ。

『別に燃やすことだけが出来るわけじゃないしね～』

そう言ってくれる今、一番頼れるのは精霊たちだ。

私は勢いよく、国王陛下たちとジェフを振り返った。

「ジェフ、精霊たちがセレスティナを追ってくれるって！　何か分かったら伝えるわ」

「精霊たちが？」

ジェフは驚いた顔をして辺りを見回す。そして、見えない彼らに向かって頭を下げた。

「皆、すまない。どうか協力してくれ」

『しょうがないなぁ』

『アリスティアのためだからね！』

またつんとした物言いをしているが、ティーヤを始めとした精霊たちは頼られて少し嬉しそうだ。最後には任せろと言わんばかりの表情で、セレスティナを捜しに飛び立っていった。

ただ、その様子だけが伝わったのかジェフは少し不安そうに首を傾げた。

「ティア、皆はなんて言っているの？」

「皆、口では色々言ってたけど嬉しそうだったわよ」

「そっか、ならよかったよ。僕は僕の出来ることをしないとね。ちなみに夫妻の方はそれぞれの収容場所に無事に着いたと連絡があったから、彼らが共謀しているわけではなさそうだ」

「つまり、セレスティナだけなのね……」

どうかセレスティナが馬鹿な真似をしませんように……と私は願った。


それから陛下たちとの会談は中止になり、私たちは慌ただしく部屋に戻った。

セレスティナの失踪の件もあるが、十日ほどすれば、ジェフの誕生日パーティーが行われる。そもそもは、私もこのパーティーへの参加を命令されて王都を訪れたのだ。しかし、この土壇場でジェフが王子だと分かり、婚約することになったのでやらなくてはならないことが山のようにある。

「ティアも誕生日なんだよね？」

「そうよ、同じ日」

「……ティア」

優しく私の名前を呼んだジェフがそっと私の額にキスを落とす。

「大丈夫、この失踪が故意か偶然か……ちゃんと調べるよ。笑顔でお互い誕生日を迎えよう」

「私も、精霊たちに頼ることしか出来ないけれど何か分かったら報告するわ」

「うん。また、後で様子を見に来るから」

「……ありがとう」

ジェフはもう一度、私の額にキスを落として部屋を出て行った。

4　失踪した妹と暗躍する隣国の者たち

そして様々な不安を抱えながら、私たちは誕生日パーティー当日を迎えていた。

「き、緊張する……！」

王宮の侍女さんたちの手によって、パーティーの支度をほぼ終えることが出来た。王妃様が家庭教師を呼んでくださったおかげで、ダンスの練習も多少は積んでいる。

それでも、不安なことは山積みで、鏡の前で何度もおかしなところがないか確認していると、ちょうどそこにジェフがやって来た。

「……天使!!」

「へ？」

突拍子のない言葉に振り返ると、ジェフは口元を手で覆いながら私を見てプルプルと身体を震わせている。

「ティアはいつも天使だけど、今日はさらに天使だ……」

「さらに天使？」

それってどんな天使かしらと首を傾げていたら、ジェフがそっと私を抱き寄せる。

「このままずっとここに閉じ込めておきたいぐらいだ」

「ジェ、ジェフ？　それは難しいと思うわよ？」

「分かってる、分かっているけどそうしたくてたまらない！」

『ジェフは、アリスティアが大好き！』

『僕たちもアリスティアが大好きー』

そして何故かそこに精霊たちまで加わり私たちを囲み始める。すると今にもキスの雨を降らせそうだったジェフが、ハッとした顔で周囲を見回す。

「……うーん、精霊たちに囲まれてる気がする」

勘の鋭さに苦笑しつつも頷くと、ジェフはようやく体を離してくれた。それから蕩けるような笑みを浮かべて私の方を見つめる。

「じゃあ、精霊たちに言われるより先に言わないとね。ティア、誕生日おめでとう！」

「え？」

その言葉に純粋に驚いた。誕生日、おめでとうなんて……

「初めて……言われた」

私のその言葉を聞いたジェフは一瞬驚いた顔を見せたけれど、すぐに笑顔に変わり、そのまま優しく抱きしめてくれた。その腕の温もりにドキリとする。

「ティア、アリスティア。生まれてきてくれてありがとう」

「え？」

「あんな、ろくでもないツルッツルとチリチリになったティアの両親にそれだけは感謝するよ。ティアをこの世に誕生させてくれたから、こうして出会えた」

「ジェフ……」

驚いている私にジェフは優しく微笑みかける。

「大切な人が生まれた日はおめでとうってお祝いするんだ。これからは僕が一番に言うからね？」

……それなら、私もジェフに言わなくちゃ。

「ジェフ……ううん、ジーフリート様も誕生日おめでとう！」

するとジェフが何故か目を大きく見開いたまま黙ってしまった。

あれ？　私は何か間違えた……？　一気に不安になってしまう。

「…………た」

「え？」

「知らなかった……好きな子におめでとうって言われるのってこんなに嬉しいことだったんだ……」

ジェフは明らかに感動している。

「ティア、ありがとう。誰に言われるよりも君からの言葉が一番嬉しくて……幸せだ」

そう言ったジェフにさっきよりも強めに抱きしめられる。

「……私も、来年からは私が一番にジェフにおめでとうって言いたい」

「ティア……」

生まれてきてから、誰からも誕生日おめでとうなんて言われたことがなかったけど、こんなに温かくて幸せなことだったんだ。嬉しくて自然と涙が出そうになる。するとさっきまできゃあきゃあと騒いでいた精霊たちがふわりと私の近くに飛んできて、光の粒を散らした。

『アリスティア、おめでとうなの？』

『生まれた日はおめでとうなんだって！』

『そうなんだ？』

『アリスティア、おめでとー』

ジェフに釣られるかのように精霊たちも、口々におめでとうを言ってくれる。精霊たちの放つきらきらとした光や火花にほうっとため息が漏れる。

「ティア？」

「あ、ううん、精霊たちもおめでとうって言ってくれて……。ジェフと一緒にお祝いされて嬉しい」

『あ、ジェフもか！』

『忘れてた』

『なら、ジェフもおめでとうだー』

『おめでとう〜』

「……あ！」

私の言葉に精霊たちがさらに気合を入れて、光を空中に散らし始める。パーティーのための準備室にまるで虹がかかったようだった。色とりどりの光をジェフに見てもらえないのがもどかしく、ジェフの袖を引く。

「今度はどうかした？」

「あのね？　……ジェフにも、おめでとうって言って精霊たちが部屋を輝かせてるの」

「えっ⁉」

私が笑顔でそう伝えると、ジェフはびっくりしたように固まってから、へにゃりと表情を緩めた。

「アリスティア……僕、今とても幸せだ」

「ええ、私もよ」

ジェフの笑顔が可愛くて嬉しくて私も自然と笑顔になる。

「そうだ……ティア。誕生日プレゼントは別に用意してあるんだけど今はこれで我慢して？」

「え？　これ？」

私が首を傾げていると、チュッと軽く唇が奪われる。

「僕からしか渡せないプレゼント……」

すぐに唇を離したジェフが、そんなことを言う。そんなプレゼントはずるいわ！

「それなら、私だってジェフにプレゼントをするわよ！」

驚いた顔をしているジェフに向かって私は自分からキスをした。

「え？　ティアが？」

「……ティア」

「ジェフ！　あなたが大好き。ありがとう！」

『アリスティア、大変！』

こうして私たちがお互いしばらく笑顔で抱きしめ合っていると、光を振りまいていた精霊たちではない子たちが勢いよく部屋に入ってきた。

――まさか、セレスティナを見つけたの⁉

「どうしたの⁉」

『セレスティナは、助けられたって言ってたー』

『隠れるって言ってた！』

急いでくれたのか、いつもなら息切れ一つ起こさない彼らが少々疲れているように見える。

そのことをジェフに説明して、私は急いで精霊たちの話を聞くことにした。

セレスティナの居場所は、私の元婚約者、オーラス様の所有する別荘だと精霊たちは言った。

「――そうだったの……」

セレスティナは私と彼をもう一度婚約させると言っていたけど、オーラス様はまだセレスティナに惚れ込んでいたようだ。

セレスティナがオーラス様に無理やり連れて行かれたのか、セレスティナが脱走を計画していて、オーラス様がその手助けをしたのかはいまいちはっきりしていない。

精霊曰く、二人の会話の中で「パーティー」という単語は頻繁に出てくるのに、今日のパーティーに行こうとする様子はなかったので一度帰ってきたのだという。

でも、セレスティナがこのまま大人しくしているはずがない。絶対に何かをしでかしてくる。そう思っていたのにセレスティナの行動はまったく予測と違っていて困惑していた。

それでも絶対に私は負けない。ジェフも精霊たちもいる。一人じゃない。それがとても心強かった。

「人も向かわせているし、捕まえてからじっくり話を聞くしかないな」

「……オーラス様はセレスティナにかなり惚れ込んでいたので……でも」

「ティアの元婚約者、か」

「ジェフ？」

何故か目の前のジェフからは拗ねたような声が聞こえる。

「僕より前にティアが誰かと婚約していたと思うと、ちょっとね」

「えぇ!?　ほんの三ヶ月ほどよ？」

「期間なんて関係ない。ティアは僕だけのティアだ」

そう言ってジェフが再び私を抱きしめる。

少し力が緩いのは、髪型やドレスが崩れるのを配慮しているからなのかもしれない。私は初めて感じるジェフの嫉妬におずおずと答えた。

「顔もほとんど合わせなかったし、指一本触れられた記憶のない婚約者だけど？」

「……指一本も？　……なら、こんなことはしてない？」

「え？」

ジェフは私の顎に手をかけるとそのまま、私の顔を持ち上げてそっと唇を重ねる。でもさっきとは違ってキスがどこか荒々しい。いつの間にか頭の後ろを押さえられて動けなくすらなっていた。

「……ティアにこうして触れられるのは僕だけだ」

キスの合間にそう囁くジェフの声はとても甘い。

「ん……そう、よ？」

「ティア！」

「んっ……」

ジェフのキスはとても甘く長くて、段々と私の頭の中がトロトロに溶かされてしまう。

『長くない？』

『アリスティアが溶けちゃいそうだ』

何故か精霊たちはとても、微笑ましく私たちを見守っている。見ないで、と言おうとしても声にならない声しか出ないうえに、ジェフが拗ねたような表情でこちらを見てさらにキスを激しくする。

「……ティア、よそ見しないで？」

「え？　あ、んっ！」

——そうして、気がつけばあっという間にパーティーの開始時間となっていた。ジェフを怒りつつも、セレスティナとオーラス様への不安はいつの間にか消えていた。

——ここまで考えてキスをしたわけじゃないわよね？

そんなことを思いながら、私とジェフはヨハンさんにしっかり怒られることになったのだった。

パーティーが始まると、陛下から私たちの婚約が正式に発表された。なんとか侍女の方たちに直してもらったドレス姿で、ゆっくりと歩を進める。

陛下が名前を読み上げると、家名を知っていたらしい他の貴族からちらほらと驚きの声が上がる。大抵はあそこに姉妹がいたなど知らなかったという声であり、病弱ではなかったのかという声だ。

悪い先入観を持たれてしまっていそうな私だからこそ、これからの自分の行動を見てもらって、私をジェフの相手として相応しいと思ってもらえるようにならなくてはいけない。

間違っても愛し子だから妃に選ばれてしまった令嬢なんて思われたくない。

私は愛し子だからジェフに選ばれたわけじゃない。私だって彼が王子様だから一緒に生きることを望んだわけじゃない。

だってジェフはティアを見つけてくれたのだから。

私は緊張で震えそうになるたびにそっと胸元のネックレスに触れ、今までは会話などしたことのなかった高位貴族たちの挨拶に回った。

幸運にも、パーティーはつつがなく進み、精霊たちからもセレスティナの動きは報告されなかった。

しかし、それだけでこのパーティーが終わるわけでもなかったのだった。

不安だったダンスを終えた私たちの元にティーヤともう一人の精霊がフワフワと舞い降りた。

『『逃げたー！』』

精霊たちが必死の形相でそう叫ぶ。

「逃げた？」

『セレスティナとあの男だよー！』

『あのねー、セレスティナとあの男が国境を越えたのー』

「えっ！　国境!?　どこの!?」

『陽の沈むほう！　もう一回見張りに戻る！』

西、と咄嗟に頭の中で地図を呼び出す。この国が国境を接しているのは全部で三ヶ国ある。その中で西側に面しているのは、フルスターリ王国だ。

まさかの国外脱出。失踪は国外へ逃げるのが目的だった？　私に何かしようとは考えていない？

そう思ったものの、セレスティナは逃げておしまいにするような性格ではない。

頭の中でもぐるぐると考えていたら、ジェフが私の肩に手を置いて訊ねてくる。

「……ティア、何があったか聞いてもいい？」

私は慌ててジェフに精霊たちが持ってきた情報を伝える。するとジェフもついさっきオーラス様の家に先触れを出したところだったという話だ。その動きを察知して逃げ出したのかもしれないけれど、あまりにも素早い。

私の話を聞いたジェフは、陛下に話をしてくると言ってどこかへ行ってしまった。するとなぜかすぐに男性の貴族たちが現れ、挨拶をと申し出てくる。

男爵家の令嬢に挨拶をするにしては高位の貴族ばかりで目が回りそうになりながらも、必死にやりすごしていると、精霊たちがそっと窓の外を指した。

見るとパーティーの最中はバルコニーが開放されているようだ。私はジェフがやってきたら案内してほしい、と宮廷の警備兵に伝えて一人こっそりとバルコニーに出ることにした。

「ふう……」

婚約者に会うからと言って外に出ると、さすがに話しかけてくる人はいなかった。一番星が空に昇り始め、少しだけひんやりとした空気が肺に入ると清々しい。その時ようやく、自分が香水だらけの空気に疲れていたことに気が付いた。

……それに、隣にジェフがいないのが久しぶりでどこか寂しいような……

そこまで考えて、首を振ると精霊たちがまた心配そうにこちらを見ていた。

『アリスティア、大丈夫〜?』

『疲れちゃった?』

『ジェフがいなくて、寂しいって顔してるー』

ずばり言い当てられてしまって、自分はそんなにも分かりやすい表情をしていたのかと驚く。

昔はもっと感情を押し殺していられたのに。私が悲しむと精霊たちも悲しむから「大丈夫」っていつも笑うようにしていた。いつの間に私はこんなに弱くなってしまったんだろう。

ふとそう呟くと、精霊たちはいっせいに首を傾げた。

『いいことだよね』

『我慢は良くないもん』

『ホントーは辛いのに、無理して大丈夫って笑ってた頃よりいーよね！』

『アリスティアが安心出来る場所を見つけたってこと！』

「え？」

精霊たちの言葉に顔を上げると、皆、嬉しそうに笑っている。

そっか。弱くなったわけじゃなくて……ただ、私らしくいられる場所を見つけただけなのかもしれない。そう思ったらじんわりと胸が温かくなった。

「ふふ、ありがとう」

『なんでお礼言うのー？』

『僕ら、なんかしたぁ？』

「嬉しかったから！　私は皆がいてくれてやっぱり幸せなの。いつもありがとう」

この頃、ジェフとばかりお話していたから精霊たちとはあまり話せていなかった。せっかくだし、ジェフが帰ってくるまではここでゆっくり話そうかな、と顔を上げた時だった。

「……へぇ、精霊の愛し子さんは本当に精霊たちと会話が出来るんですね」

知らない男性の声に慌てて振り返る。さっきまで挨拶した人の中にはいなかった声だ。

『アリスティアー！』

警告するような精霊の声に、一歩下がって話しかけて来た男性の様子を窺う。

すると彼は近づこうとしていた足を止め、礼儀正しく胸に手を当てて頭を下げた。

「あぁ、すみません。これはこれは、突然話しかけるなんて大変無礼な真似をしてしまいました。お許しを。私はフルスターリ王国の者でグリーグと申します」

フルスターリ王国はセレスティナが逃げ込んだ国だ。

そんな人がいったい私に何の用だと言うのだろう。

突然声を掛けて来てグリーグと名乗った男性はそのまま私に笑顔を向けてくる。何だか笑顔が胡散くさ……

『うさんくさーい』

『アリスティア、近づいちゃダメ！』

『嫌な感じがする！』

先に全部言われてしまったけど、まったく持ってその通りだと思う。

私は、こっそりため息をついてから答えた。

「――婚約者をここで待っておりますの。女性に声をかける時は気をつけた方がいいですわ」

出来るだけ厭味ったらしく聞こえるように、セレスティナの声を思い出しながら伝える。すると
グリーグは少し驚いたように目を見開いてから、また小さく頭を下げる。

それからすぐに振り返って会場に戻ろうとする仕草を見せたので安心したのだけど、彼は去り際に私にだけ聞こえるくらいの小さな声で呟いた。

「それでは今日はこれで失礼します。災厄をまねく男爵家の双子のお姉さん。まさか、あなたがここまで精霊に愛される存在になるなんて、あの時は思いませんでした」

その言葉に私の身体がビクッと跳ねる。

今、なんて言った……？　それによく考えたらさっきからこの人、精霊が見えている⁉

『アリスティア？』

『どうかした？』

『だいじょーぶ？』

私と周囲の精霊が動揺したのが分かったのか、グリーグは今度こそ「また、お会いしましょう、精霊の愛し子さん」とだけ言って満足そうに去って行った。

私はバルコニーの手すりに身を預け、彼がいったい何者なのか考えを巡らせる。

今日出会った貴族たちでも私の家名すら知らないものも多かった。そもそも『双子』が恐れられるこの国では、私の存在自体が忌むべきものなのだ。

ではなぜ、隣国からやってきたという彼が私のことを知っているのだろう。

それに――

『アリスティアー』

『しっかりして？？』

「……災厄をまねく……双子の姉……」

セレスティナの失踪と隣国への逃亡、それに意味深に残された言葉。それらが頭の中をぐるぐると回り、私は暫くの間、呆然として動けなかった。

「……ティア！」

その声でハッと我に返る。

気付けば目の前には心配そうな顔をしたジェフが居た。どうやら、私が放心している間にいつの間にかバルコニーに来てくれていたらしい。

「びっくりしたよ。戻って来たらティアが放心状態だし、体もこんなに冷えて……」

「ジェフ……」

私はたまらなくなってジェフに抱き着いた。

何から話せばいい？　胡散臭い男性に声をかけられたこと、その人は隣国のフルスターリ王国の者だと名乗っていたこと。精霊を見たりは出来なくても感じたりする人なのかもしれないこと。

……そして、私を『災厄をまねく双子の姉』と言ったこと——……

不安と、話さないといけない内容が頭の中でぐちゃぐちゃになって上手く言葉にならない。ただぎゅっと彼を抱きしめていると、なだめるようにそっと背中を叩かれた。

「ティア」

「え？　ひゃぁぁ！」

顔を上げるとジェフの綺麗な顔があまりにも近くにあって悲鳴を上げてしまう。ジェフは私の声に微笑んでから、そのままひょいっと私を抱え上げた。

「首に手を回して。そう、しっかり掴まっていて？」

「え？　え？」

言われるがままジェフの首に手を回すと、あっという間に横抱きにされた。するといい子、と言ってジェフにキスを落とされる。

「顔色が良くない。このまま部屋に戻ろう？」

「でも、パーティーは……」

「大丈夫。もう充分顔は出した。むしろ、先に抜ける方が親密さのアピールになるかもしれないし、僕は早く二人っきりになりたいからちょうどいいよ」

ちょっとイタズラっ子のような顔で微笑んだのはきっとわざとだ。

相変わらずジェフは優しくて、私への愛情を隠すことなく伝えてくれる。

ジェフの唇が私の額に触れ、いつもの眼差しで私の目を見つめながら言った。

「だからね、ティア。部屋についたら君が憂い顔になった理由を教えてくれる？」

ジェフのその優しさに、あぁ、私はこの人に頼っていいのだと思えて涙が出そうになった。

そして私を抱き抱えたジェフは、なんとそのままの体勢で陛下に挨拶を告げ、会場から退出した。

パーティーの出席者も陛下も、運ばれる最中の私を目撃した王宮の人たちも何だかみんな視線が生温い感じがする。

「ジェフ……ねぇ、あの」

は悟り、口を噤んだ。

「え、えぇ……」

そうじゃない。そうじゃないのだけど、その笑顔を見たら今更、降ろしてと言っても無駄だと私

「もうすぐ部屋に着くから落ちないように気を付けて？」

当のジェフはそんな周りの視線がまったく気にならないようでケロッとした顔をしていた。

「うん？　どうかした？」

そうして部屋に着くと、ジェフはソファーの上にそっと私を降ろし自分もその隣へと腰を下ろすと優しく手を握ってくれた。

繋いだ手から伝わってくる温もりのおかげで、強ばっていた心が優しく解きほぐされていく。

抱き上げられて激しくなっていた心拍数を抑え、どろどろと渦巻いていた不安を吐き出すように長い深呼吸をしてから、私はジェフにさっきあった出来事を話した。

「なるほど、……フルスターリ王国のグリーグ？」

「ええ。男性はそう名乗っていたわ」

「グリーグか……」

ジェフは記憶の糸を辿るかのように何度か名前を呟いている。私はもう一つ言葉を追加した。

「それに……彼は前から私を知っているみたいだった」

「アリスティアを？」

ジェフもそのことには驚きを隠せなかったようだ。私は小さく頷いた。彼と出会った記憶は私にはない。けれど、グリーグは「あの時」と明確に、過去の話をしているようだった。

「ステファドール男爵家と繋がりがある人なのかな？」

「分からない……」

そう、真っ先に考えるべきは両親の知り合いだろう。だけどあの人たちの交友関係なんて私が知るはずもなかったし、『忌むべき双子の姉』である私を他の人に見せるなど果たしてあの二人がするだろうか？

それに、私にかけられていた呪いはそれだけではない。

私はおずおずとジェフに話しかけた。

「ジェフ、覚えている？　あの日、ジェフが私を迎えに来てくれた時にセレスティナが言っていたでしょう？　私は災厄をもたらす女なのだと」

「あの腹立つ発言？」

「そう。その人も私に向かって言ったの、災厄をまねく男爵家の双子の姉、と」

「なっ⁉」

ジェフの顔色が分かりやすく変わった。

「ティア……そもそもそれはどこから来た話なんだ？　ティアが男爵家で隠されて来た理由はそれなのか？」

ジェフはとても聞きづらそうな顔をして、私に聞いた。

私を気遣ってくれているのだと分かるから、その問いにはちっとも困らなかった。

「それは……」

私は説明を始めた。

どうして私があんな形で虐げられることになったのか。

そして、その全ての始まりとなった占いのことを。

話自体はあまりにも短く単純だった。どうしてそれだけのことで、自分がこんな目に遭ってしまったのだろうと思わざるを得ないほど。

それでも、ジェフと精霊たちがいるおかげで語り終えた時に微笑む余裕すら残されていて、ほっとする。しかし私の微笑みを見たジェフは眉間に皺を寄せた。

「ティア……」

「ジェフ？」

話を聞き終えたジェフが、ギューッと私を抱きしめる。

「ステファドール男爵夫妻にもう一度、いやもっと罰を与えたい。ツルツルとチリチリにするだけじゃ甘い！　甘かった！　なぁ、精霊たちもそう思うだろう？　いっそのこと、もう頭ごと焼いてもいいと思う！　毛根から駄目にして二度と生えないようにするべきだよ！」

ジェフのその言葉を聞いて、精霊たちの目が嬉しそうに輝く。

『だよねー、やっとく？』

『今からやっちゃう？』

『ちなみに、ツルツルの方はもう生えないよ〜〜』

物騒な仲間が増えてしまったことに苦笑しながら、ジェフの袖を引く。

「ジェフ……ツルツル……えっと、お父様の方はもう生えないそうよ？」

「あ、そうなんだ？　それでもやっぱり足りない！」

そういってぎゅうぎゅうと抱きしめられる。ジェフが熱い。

それだけ怒ってくれているのだと分かるのがどこかこそばゆくも照れくさい。

ジェフは私の頭を撫でながら、さらに続けた。

「それから、その占い師！　僕はそいつも許せない！　何を根拠にそんな占い結果を出したんだ！　確かに王国に双子は少ないけれど……生まれることが罪であるはずがない！」

ジェフの言うことは正しくて、少しだけ間違っている。珍しい双子であったこともだけれど、家族の誰とも持つ色が違ったことがきっと一番の理由だったのだろう。互いの不貞を疑うよりは、お父様とお母様は私一人を協力して憎んだ方が『幸せ』だと判断したのだ。

だからこそ占い師の言葉は、さぞあの人たちの心に響いたことだろう。

でも、もうそんなことは怖くない。私は冗談めかしてジェフに微笑みかけた。

「結果的にお父様たちからすれば私は災厄だったわ。ツルツルとチリチリにもなったもの」

「それは違う！　男爵たちがツルツルやチリチリになったのは、どう考えても自業自得だ。そんな訳の分からない戯れ言(ざごと)を真に受けて、ティアを虐げ(しいた)色々とやらかした彼ら自身の責任だよ」

まあ、確かに私を蔑ろにして精霊たちのお仕置を受けたのは間違いないわね。

ジェフの言葉に何度だって救われてしまう。

「……ありがとう、ジェフ。あなたがそう言ってくれるだけで私はもう充分」

「ティア……」

ジェフがとても優しく、そして労わるように抱きしめてくれたことがとても嬉しかった。


パーティーから数日後のことだった。私はすっかり王城で暮らすことになっている。

ジェフは王位継承のための事務に忙しく、私も王妃になるための教育に追われている。もちろんセレスティナの動向を追いかけてはいたけれど、目が回りそうに忙しい日々だった。

そんな中、一つの報告がジェフの元に届いた。

「え？　フルスターリ王国の第二王子が？」

「あぁ、突然だけど我が国に訪問すると連絡があった」

ジェフがどこか苦い顔をしながらそう告げる。

「……目的は？」

「外交のためと言っている」

「昔から交流は盛んだったの？」

王妃教育が始まったばかりの私は、まだ外交関係の分野まで勉強が進んでいない。残念ながらその辺のことは詳しくないので素直に聞いてみると、ジェフが首を横に振った。

「いや。父上……陛下はともかく、王子である僕たちの世代にほとんど交流はない。というか、まだ諸外国については勉強中じゃなかったっけ？」

「ええ。そうよ」

「じゃあ軽くだけどフルスターリ王国について教えておくね」

ジェフはそう言うと簡潔にフルスターリ王国について教えてくれた。このウィストン王国よりも西にあるフルスターリ王国は、乾燥した土地と寒冷な気候が特徴なのだという。そのため、作物が上手く育たず、精霊の加護が厚いウィストン王国から作物を輸入することが多いそうだ。その代わり布や金細工の輸出が盛んだと聞いて私は頷いた。

それなら王位が継承される前にあいさつに来てもおかしくはないだろう。

ならば、このタイミングでの王子の訪問はやっぱり単なる偶然？　あのグリーグと名乗った人は関係ある？

それに、隣国……フルスターリ王国と言えば――

「セレスティナは？」

「うん……ティアの精霊たちのおかげで居場所は特定出来ているんだけどね」

国境を越えられてしまったせいで、簡単に手が出せなくなってしまったらしい。

今はフルスターリ王国と交渉中だけど難航しているそうだ。それに加えて今回の外交と考えると、偶然にしては出来すぎているような気がする。

「……あの胡散臭い男の人もそうだけど、何だか嫌な感じがするわ」

「ティア……」

つい、そんな不安が口から出てしまう。フルスターリ王国の第二王子の訪問は、ちゃんと手順を踏んだ上での訪問であって特別おかしなことではないのかもしれない。

なのに……

「何故か、胸騒ぎがするの」

「ティア……」

そう口にした私をジェフは優しく抱きしめてくれた。

そして、山ほどの勉強やマナーの練習を繰り返し、すぐにフルスターリ王国の第二王子を迎える日がやってきた。

会いたくない……は許されない。

私にはジェフ……ジーフリート殿下の婚約者としての挨拶がある。

「ティア！」

「ジェフ？」

支度を終えた私をジェフが迎えに来てくれた。ジェフはいつものようにニコニコ笑顔だ。

「僕の可愛い天使を一番に見たくて迎えに来たよ」

「ふふ、もう、相変わらずなんだから」

相変わらずの発言に私が笑いをこらえきれずにいると、ジェフが優しく私を抱きしめた。

「大丈夫だよ、ティアには僕がいるし、精霊たちもいる」

「……ええ」

「フルスターリ王国側が何を考えていても大丈夫だ。精霊たちがついているティアが一番だ」

『そーだよー！』

『アリスティアを悲しませるヤツはツルツルとチリチリにするんだ～』

『びしょびしょもいいよね！』

冗談めかしたジェフの言葉に、精霊たちが張り切った様子を見せる。結局私たちが執務や勉強に追われている間、どうも精霊たちは暇をしていたようだ。

私はようやく出番だ！　と翅をばたつかせる彼らを見つつ、ジェフにそれを伝えた。

「……えっと、ジェフ。精霊たちはやる気満々みたい」

「はは、本当に心強いな」

隣国の王族相手にそんなことをしたら国際問題に発展するかもしれないのに……

私が苦笑すると、ジェフは思いがけず好戦的な光を目に浮かべた。

「本当に単なる外交目的ならそれで構わない。でも違うなら僕は容赦しない。そう決めたから、万が一の時はティアも精霊を止める必要はないってこと」

まさかそんなことを言われるとは思わず、言葉を失うと、ジェフが微笑んだ。

「……それよりも、顔を上げていつもの可愛い顔を見せて？」

そう言って唇に軽くキスを落とされると、それ以上の反論は私の口から出てこなかった。

「この度は、訪問を受け入れてくれてありがとう。キーオン・フルスターリだ」

「ようこそいらっしゃいました」

とうとうやって来た隣国の王子殿下はがっしりした体型のせいか、前に立たれると非常に威圧感がある。漆黒の闇のように黒くて長い髪を持つキーオン殿下の醸し出す雰囲気は野生の獣のように鋭く、温かでまっすぐなジェフとは真逆だった。

陛下から始まって順に挨拶が続いていく。いよいよ隣のジェフが挨拶をして、私は一歩前に進み出てカーテシーをした。

「ジーフリート殿下の婚約者、アリスティア・ステファドールと申します」

「あぁ、ジーフリート殿が先日婚約を発表したばかりという噂の……」

キーオン殿下はそこで言葉を切るとじっと私を見つめた。そのまま全身を舐め回すかのように見られ、背筋がぞわりと粟立つのを感じる。

『なんか気持ちわるーい』

『ジロジロ見すぎ～』

『こいつも胡散臭いよ、アリスティア』

精霊たちにも不評だ。

それでも一応は礼儀を保とうと笑みを作ったままでいると、キーオン殿下はようやく視線を外して、にやりと笑った。

「話には聞いていたが美しい女性だな。ジーフリート殿と婚約する前に出会いたかったものだ」

「……もったいないお言葉です」

社交辞令と受け取って軽く流そうとしたのに、何故かまだねっとりとした視線を向けられて、気持ち悪い。さすがにこれは……と笑顔の仮面が外れそうになった時だった。

「キーオン殿。アリスティアの美しさに惹かれるその気持ちは分かりますが、残念ながら彼女は僕の婚約者なので諦めてくださいね」

「ジェ……ジーフリート様！」

ジェフが私の肩に腕を回しながら間に入ってきた。

その温もりに触れると、感じていた気持ち悪さが消えていく。

そんなジェフは笑顔だけどどこか雰囲気が怖い。キーオン殿下もそれを感じてはいるはずなのに、飄々とした笑顔でジェフに微笑み返した。

「これはすまない。そうか……ジーフリート殿は婚約者殿に夢中のようだな」

「そうですね、僕は彼女以上の人はいないと思っていますので」

「ほぅ、他の女性はいらないと？」

「いりません」

二人の王子の間に変な空気が流れている。正直、どうしたらいいのか分からない。笑みを作るのも変だし、と視線をさ迷わせると精霊たちはすっかりジェフへの応援モードだ。

『負けるなよー』

『そんな気持ち悪いヤツ、コテンパンにしちゃえー！』

キーオン殿下がかなりお気に召さなかったらしい。これはそのうち本当に攻撃しかねない。今のところは気持ち悪いだけだから止めないと……

こっそりと増えつつある精霊たちを止めるために手を振ったときだった。

「あぁ、これはこれは、やはりまたお会い出来ましたね！」

聞き覚えのある声に私の身体が大きく震えた。

この声は……

「おや？　もうお忘れですか？　パーティーの日にお会いしたグリーグですよ。愛し子様……いえ、アリスティア様」

そう言ってあの時会った男――グリーグが、また胡散臭い笑顔を浮かべながら私の元に近付いてくる。昼の光の下で見る彼は、ダークブロンドの髪をすっきりまとめていた。キーオン殿下よりは年上のようだが、視線はねばついた光を放っている。

『また出た！』

『胡散臭いヤツ、その1』

精霊たちの敵意が二分されて、結果的には即時攻撃にならなくてよかったのかもしれない。

私がぎこちなく頭を下げると、彼はまったく気にした様子もなくべらべらと話し始めた。

「先日のパーティーの際はご説明出来ませんでしたが、私はキーオン殿下の側近でして……。本当は殿下もパーティーに参加する予定だったのですが間に合わなかったために、私だけがこの国へと先に訪れておりました」

突然王子殿下の側近でしたなんて説明されても、胡散臭さは消えない。いや、セレスティナと関係があるかは分からないけれど、とりあえずこの二人はどこか怖い。ちらっと視線を横に向けると、ジェフはまだキーオン殿下とやり合っているようだ。

「――パーティーでお会いしたこともかけられたお言葉も、忘れておりません」

とりあえず、何を言われたかは忘れていないという気持ちで答えると、グリーグは機嫌よさそうな表情になり、私の周囲へと視線を向けた。

「それは幸運でした。本日もたくさん引き連れていらっしゃるようですね……さすが、精霊の愛し子と言ったところでしょうか」

やはり平然と彼は『精霊の愛し子』と口にする。一体どうしてそうなったんだろう、と思考を巡らせようとすると、ジェフが私の状況に気が付いたようだった。

「アリスティアに何か用かな？　パーティーでも随分と気安く彼女に話しかけていたようだけど」

キーオン殿下に対しては、まだ作り笑顔で対応していたけれど、こっちに対しては分かりやすく冷ややかだ。しかしグリーグは特に気にしない様子で首を振っている。

「あぁ、ジーフリート殿下。突然申し訳ございません。パーティーの際も、アリスティア様のあまりの美しさに心惹かれてつい話しかけてしまいました」

「それなら、今後は弁(わきま)えてほしいものだが」

「これはこれは手厳しい」

ジェフに睨まれてもこの側近はヘラヘラしていて、まったくジェフに怯む様子がない。

『やっぱり胡散臭いね』

『コイツには近付かない方がいいよ、アリスティア』

精霊たちはキーオン殿下よりも、グリーグのほうが危険だとみなしたようだ。ジェフを応援していた時の無邪気さとは違い、本気でグリーグを嫌がっているように見える。

するとグリーグがにんまりと微笑んで、精霊たちのいるほうを見上げた。

「おやおや、どうやら精霊たちはあなたを守ろうとしているようですねぇ……うーん、これはなかなか大変そうだ」

その発言にぞっとする。やはりグリーグには精霊たちが見えているようだ。キーオン殿下も側近のグリーグにもこれ以上関わりたくないと、心の底からそう思った時だった。

「――――っ!?」

突然、凄く嫌な視線を感じて大きく身体が震えた。

「ティア？　どうかした？　大丈夫？」

私のその動揺はジェフにも伝わったらしく、背中をさすってくれる。私は何度か呼吸を繰り返して、徐々に落ち着きを取り戻した。

「だ、大丈夫……」

慌てて辺りを見回したものの、不自然な点はない。怪しい動きをしている人もいない。この場にいるのは、我が国の王族と私、そしてフルスターリ王国の第二王子とお付きの者たちだけだ。あちらの国では王族の力が強く、第二王子一人に驚くほどの人数のお付きがいるがそんな彼らからも視線は感じない。

それに、目の前の王子と側近の二人から私に向けられていた視線とも違い戸惑ってしまった。

「アリスティア様のご体調がすぐれないご様子。私共も一度失礼いたしましょう」

幸運にも、グリーグがそう言いだしたことで一度目の挨拶はそれで終わりとなった。ただ、去り際に投げられた意味深な視線にまた背筋が粟立つ。

これからフルスターリ王国の人たちは十四日間この国に滞在するそうだ。

彼らが王宮に滞在する間はジェフが色々取り計らってくれたので、私と彼らが個人的な接点を設けるようなことはないように配慮されている。ただし、彼らの帰国前には再び簡単なパーティーが開かれるので、そこで顔を合わせるのは避けられない。

重たかった武装――ドレスを脱いで楽なワンピース姿になってから、私は再びジェフの部屋を訪れていた。ジェフは執務で忙しそうだったが、私の姿を見て手を止めてくれる。

それから今後の予定として、パーティーのことを話してくれた。

「僕としてはティアがパーティーを欠席してもいいと思っているけどね」

「ジェフったら……」

「王子は、いやらしい目でティアを見ていたし、側近のグリーグは……」

「彼は？」

ジェフがそこで言葉を切って黙ってしまったけれど、少し間を置いてから口を開いた。

「王子とは別の意味でティアを狙ってるような目をしていた」

「……別の意味」

それはきっと私が愛し子だから、とぼんやりと思う。ジェフもそう思ったのだろう、彼は私に向かって珍しく言葉を選びながら聞いた。

「あの男がティアの言ってた精霊を見たり感じたり出来る人なんだよね？」

「えぇ」

「そしてティアに関する占いの話を知ってた……か」

ジェフは難しい顔をして考え込む。

そう、彼のもっとも不思議なところはそれだ。隣国と言えど、噂話程度であれば『精霊の愛し子』の話が伝わっていてもおかしくない。しかし、ステファドール男爵家について詳しく、私が『災厄を呼ぶ』と知っているのはどう考えてもおかしい。

「ティアがこの話を聞いたのは……」

「私は当時の使用人から聞いたわ」

そういえば、私にこの話をした使用人は少し独特な喋りをしていた気がする。

「当時を知るステファドール男爵家の使用人を探すか……」

「それは難しそうね」

いまや、ステファドール男爵家の使用人は散り散りになっているはず。

「それでも当たってみる価値はありそうだね。僕はちょっとキーオン殿下とグリーグ、そしてティアの占いの背景を探ってみるよ」

「無茶はしないで？」

私はジェフの腕の中でくるりと体勢を変えて彼の目をみつめる。

「もちろん、無茶も無理もしないよ」

「公務だってあるのに」

ちゃんと寝ているのかしら、と心配になる。

するとジェフはにっこり笑って言った。

「そんなに心配なら今から一緒に寝る？　僕は全然構わないし、むしろそうしたいくらいだけど？」

「えっ!?」

驚いている私をジェフは笑顔のままヒョイっと抱え上げるとベッドまで運んだ。

そしてそのまま私をベッドに降ろしながら横たわらせると覆い被さって来た。

「!?」

「ははは、ティアが真っ赤で可愛い」

「か、からかってるの!?」

抗議するも、顔はジェフの言う通り真っ赤になっているようで、全然、迫力がない。

「まさか、僕はいつでも本気だよ。僕の腕の中で眠り、僕の腕の中で目が覚める天使(ティア)を堪能したいと常日頃から考えている！」

「常日頃から……」

「そうだよ？　それだけ、ティアのことが好きなんだ」

「ジェフ……」

ジェフの真剣な目を見ていたらこのまま受け入れてしまっても……という気持ちにさせられてしまう。それくらい彼の気持ちはまっすぐ私に向いていた。

私はそっと手を伸ばし、ジェフの頬に手を添える。

「ティア？」

「あのね、ジェフ。私……」

『わ～』

『二人の子供は可愛いだろーね』

『早く見せてね～？　アリスティア』

『待ってるよぉ』

精霊たちの無邪気な言葉に、顔が熱くなった。

「～～っっ！」

「ティア？　急に悶えてどうしたの？　あ、もしかして精霊たちが何か言った？」

ジェフが熱っぽい目で私を見ながら訊ねてくる。この体勢でそれを言うのはすごく恥ずかしいけれど、誤魔化してもこういう時のジェフにはなんだかんだ聞き出されてしまう。

それならば……と私は顔をそむけつつ、ジェフに答える。

「わ、私たちの子供は……その、可愛いだろうねって」

「え！」

ジェフは笑顔のまま固まった。

「そ、それで早く見たいなって……」

しばらく放心していたジェフはようやく我に返ったのか、にっこりと笑みを深める。

「よし、ティア！　その期待に応えよう！」

「えぇ!?　ちょっと待って、あっ…………んんっ」

私の抗議の声はジェフのキスによって塞がれ、その後はなかなか離してもらえなかった。

それからキーオン殿下ともグリーグとも特別接触することなく日が過ぎていった。

次期国王として、ジェフはキーオン殿下と交流をしているようだったけれど、その時にも特に怪しいそぶりを見せていないようだ。

私を国に連れて帰ろうとしてる、と思ったのは気にしすぎで、本当にこの国を訪れただけなのかもしれない。

そう思いつつ今日も王妃教育をこなし、ようやく訪れた昼休みを満喫しようとしていたのだけど……

『アリスティア！　それ、飲んじゃダメ！』

『変なもの入ってる！』

「え？　変なもの？」

『そのお茶！　お腹壊しちゃうよ！』

精霊たちが必死にこちらを見ている。私は持ち上げていたカップをソーサーに静かに戻した。顔を上げると、先ほど紅茶を淹れてくれたメイドは既にいなくなっている。

私は急いで部屋の隅に控えていた侍女に声をかけた。

「人を呼んできてもらいたいの。あまり騒がずにお願い出来るかしら？」

「は、はい」

「それから、今日のお茶を給仕したメイドは誰だったか、聞いてきてほしいの」

私の質問に侍女はサッと顔色を変える。何があったのかを予測出来たのだろう。

「お、お身体は⁉」

「大丈夫よ、飲んではいないから。だから、慌てずに呼んできてもらえる？」

「は、はい！」

人を呼びに向かう侍女の後ろ姿を私は静かに見守った。


「アリスティア様！　何があったんですか？」

「ヨハンさん？」

最初にやって来たのはヨハンさんだった。

話が早く済みそうで助かるけど、ジェフ付きである彼が何故？　と不思議に思っていたらヨハンさんが言う。

「殿下が当面はアリスティア様を優先するようにと命令なさいました」

「ジェフが？」

「こういう事態を想定していたのかもしれませんね……それで何がありましたか？」

後半は小さな声で私に訊ねる。まだ部屋の中には心配そうに私を見ている侍女がいる。

私も彼の耳元で囁いた。

「……精霊たちがこのお茶を飲むなと言うの。何かが入ってるみたい」

「まさか、毒ですか？」

ヨハンさんの顔色が変わる。

「分からない。ただ、精霊はお腹を壊してしまうと言っていたから、死ぬほどのものではないかもしれないけれど」

「ただ給仕と毒味をしたメイドですが……」

「どうかしたの？」

「姿を消していました」

どうやら一歩遅かったらしい。

「そのメイドの捜索は続けて、そしてお茶の成分を調べてくれる？」

「はい」

そうして調べてもらった結果、お茶に入っていたのは毒……ではなく下剤だった。

実行犯のメイドも行方知れずのままだと言う。

予想していなかった方向の事件に思わずため息をついてしまう。

気味が悪い……これ以上は何も起こらないといいのだけど。

しかしそんな私の思いとは裏腹に、その日から私の身の回りでは命には関わるほどではない『ちょっとした嫌がらせ』が起きるようになってしまった。

『アリスティア、その先の廊下が、一部だけ滑りやすくなっているよ！』

『気を付けて』

『何か塗ってあるみたい！　転んじゃう！』

『既に何人か転んでるよ？　危ない！』

「そうなの？　教えてくれてありがとう」

精霊たちにお礼を言って、廊下を見つめる。一見いつもと変わらないけれど……、このところ慣れてしまった手順で侍女にヨハンさんを呼んでもらった。

――紅茶に混ぜられていた薬、いつの間にか壊されていた櫛。転びやすくされた廊下。

次は一体何をしてくる気だろう。

どの事件も精霊たちが先回りして危険を感じて教えてくれるおかげで、今のところは大事には至っていない。しかし、これらが私個人を狙った犯行なのか不特定多数を狙った犯行なのかが分かりにくいものばかりで、目的がはっきりしない。

私の紅茶に薬を入れられていたことに激怒したジェフが私の警備を強化した。だから、直接手出しが簡単に出来なくなってはいるはずだけど、些細な嫌がらせは続いている。

本当に薄気味悪い。それに、キーオン殿下たちと出会った時に感じた視線の正体もいまだに分かっていない。この嫌がらせはあの視線と関連があるのだろうか。

私にそこまでの恨みを抱いて、稚拙な嫌がらせをしてきそうなのは一人だけだけど……

でもその人物、セレスティナはフルスターリ王国に逃亡してオーラス様と共にいるはずだ。

……そこで手詰まりになっていた私を助けてくれたのはやっぱり精霊たちだった。

『アリスティアー、変な感じがするー』

『あれは違うと思う』

就寝の支度を終えて日課となっているジェフの訪れを待っていた私に、ティーヤが突然そんなことを言い出した。

そういえば、ティーヤはセレスティナを追いかけていたはずなのに、ここにいていいのかしら？

「違う？　何の話？」

『セレスティナだよー』

『あっちの国に逃げたセレスティナ』

『セレスティナじゃないー』

「……？　どういうこと？」

『あの、ムカつく男はそのまんまなんだけどー』

『セレスティナは違う気がするんだ』

『ちゃんと頭もチリチリ。でも、どっか違う』

口々に言われる言葉に顔を顰(しか)める。セレスティナだけどセレスティナじゃない？

もしかして……当たってほしくない嫌な予感が私の頭をよぎる。

「つまり、フルスターリ王国にいるセレスティナは偽者だということ？」

『多分、違う人ーー』

『男は変わってなーい』

それは聞き捨てならない。では、本物のセレスティナは何処にいるの？

「ねぇ、セレスティナが偽者かもと思い始めたのはいつからだった？」

『五日前ぐらい！　ずっとあの男と一緒にいたけど、なんだか違うの』

『だからこっちに来たら、セレスティナの気配がする！』

「フルスターリ王国にいないだけじゃなくて、ここにいるの……？」

『そう！』

五日前と言うと、ちょうどキーオン殿下たちがやってきたころだ。不吉な一致に思わず唇を噛んだ。

キーオン殿下が連れて来たお付きの者たちの中にセレスティナが紛れていたとしたら、セレスティナが私に嫌がらせをすることは不可能ではないかもしれない。

その可能性に思い当たるけど、まず浮かぶのはどうして？　という疑問。

自国の王子(ジーフリート)とすら満足に会う機会のなかったセレスティナに、隣国の王子と知り合う機会があったとは到底思えない。

「……逃亡した時に出会った？　そんな偶然がありえるの？」

セレスティナが逃げ込んだのはフルスターリ王国内のかなり外れだと聞いている。キーオン殿下と偶然知り合うにはあまりにも不自然すぎる。

「そうなると……オーラス様の方が……？」

セレスティナにキーオン殿下につながる伝手はなくとも、オーラス様にはあったのかもしれない。名ばかりの婚約者だった私は彼の交友関係など何一つ知らない。

「だとしても……どこか出来すぎているような」

もしも、本当にセレスティナがこっちに来ていて逃亡先に身代わりを置いたのだとしたら、精霊たちが監視するという事態を想定していたことになる。

しかも身代わりの人物は頭もチリチリに変わっていたそうだ。そんなの用意周到すぎる。

「精霊？　何それ？」なんて言っていたセレスティナにそんな知恵が働くわけがないし、オーラス様がそれほど手の込んだことを行うとも思えない。

知らないところで何かが進んでいるのが不気味に感じられて、思わず部屋を見回してしまう。

「ティアー、今日もお疲れ様……」

そこまで考えた時、ノックの音と共にジェフが部屋を訪ねて来た。

「ジェフ!!」

「え？　ティア？」

私は思いっきりジェフに自分から抱き着いた。最初はその勢いに驚いていたジェフも、私の身体が震えているのに気付いたのかそっと優しく抱きしめてくれる。

「また、嫌がらせがあった？」

「……違うわ。嫌がらせは精霊たちのおかげで大丈夫だったの」

「でも、嫌がらせはあったのか……いい加減に犯人を捕まえないとな。でも、そうなるとなんだろう？　特に報告は受けてないけど、まさかキーオン殿下やグリーグに会った？」

私は首を横に振る。ジェフの配慮のおかげで彼らにはあれから会ってはいない。

けれどきっと彼らは無関係ではない。むしろ……

「……フルスターリ王国にいるセレスティナは偽者の可能性があると精霊たちが教えてくれたの」

「え？」

「本物のセレスティナは……王宮にいる可能性が高いって」

「まさか嫌がらせの犯人が彼女だと？」

ジェフは突然の話に驚きながらも、否定せずにちゃんと聞いてくれる。だからこそ、私は安心してこの人に頼れる。

私はジェフの言葉にうなずいて、小さく息を吸い込んだ。

「それでね？　私は思ったの」

「何を？」

首を傾げるジェフに向かって、私はさっきたどり着いた結論を彼に伝える。

「――これは、最初から全て仕組まれていたんじゃないかって」

「え？」

やっぱりジェフは驚きの声をあげたけれど否定はしなかった。

――これは、最初から全て仕組まれていたんじゃないかって思うの。

ティアからその言葉を聞いた時、まさか彼女がそんなことを言い始めるとは思っていなくて驚いたけど、僕もその通りだと思った。だけど、『最初』がいつを指しているかはティアの思っている意味とは違う。

――双子の姉が、いつかそなたたちに災厄をもたらすだろう。

セレスティナの逃亡からでも嫌がらせからでもなくて、フルスターリ王国の二人の陰謀は、ティアに対するあの占いの結果が告げられた時から始まっているとしか思えなかった。

「ティア。僕のほうでも少しずつ調べを進めていたんだ。聞いてくれるかな」

僕は不安そうなティアを安心させるように手を握ってから、僕が調べたことを話し始めた。

グリーグはなぜ、ウィストン王国に伝わる『精霊の愛し子』について知っていたんだろう。

その疑惑が生まれたあと、僕はまずグリーグのことを調べた。

グリーグ・バレェン。年齢は三十六歳で、どこかナヨナヨした見た目だけど思っていたより歳はいっている。キーオン殿下が二十五歳なので、おそらく彼が生まれた時からの側仕えだろう。

正直、僕に手に入る情報でそれ以上のものはあまりなかった。なぜ彼が精霊を見ることが出来るのかについてもだ。

だから、先に占いについて当たることにした。ステファドール男爵家の昔の使用人を数人捜し出し、アリスティアが生まれた頃のことを聞くことにしたのだ。

するといくつかの証言が集まった。

「旦那様たちは悩んでおりました。誰とも似ていないアリスティア様をどうすべきか」

「占い師……と名乗る者を旦那様に紹介したのは、確か……バーネット伯爵だったかと」

「占いの後、旦那様と奥様はアリスティア様を恐れるようになりました。災厄をもたらす娘など側に置いておきたくない！　と仰って……」

使用人たちの中にはアリスティアに同情的なものもいたおかげで案外とたくさんの声が集まった。

占い師を紹介したのはバーネット伯爵……ティアの婚約者だったオーラスの家名だ。

さらに調べを続けると、バーネット伯爵夫人がフルスターリ王国の生まれだと分かった。フルスターリ王国にオーラスが逃げ込んだ理由もこれで分かった。

しかし、オーラスがセレスティナの逃亡に関わった件でバーネット伯爵を呼び出して追及したが、伯爵夫妻は何も知らないと言い張っている。

「……バーネット、伯爵」

オーラスの名前が出ると、アリスティアの表情が強張った。申し訳ない気持ちで僕は彼女の手を握る。仮に彼女の気持ちが一切向いていなかったにしろ、誰かに否定されるのは怖いことだ。

「ごめん。軽率だったね」

「ううん、大丈夫。それで?」

若干顔を青ざめさせながらも、アリスティアは笑顔を作った。その気丈さを眩しく思いながら僕は頷いた。

「それから投獄されているステファドール男爵のところに向かった。元気そうにはしていたよ。占い師は若い男で、異国風の訛りがあったと。男爵は彼に自分が日頃の悩みをズバリ言い当てられて、信用出来ると思ったそうだ。……ただ」

「ただ?」

アリスティアが首を傾げる。その些細な仕草すら可愛らしい。

「あー……男爵の当時の悩みとやらが年々薄毛になっていることだったそうだ。正直、占わなくてもおのずと分かる話だったのではないかと……」

「そ、それは……」

笑えばいいのか迷っているような微妙な表情のアリスティアにうなずく。

僕は精霊たちの手によりツルツルになった挙げ句、毛根が壊滅したという男爵の顔を思い出した。

「……あれは凄かったたな」

昔から薄毛に悩んでいたのなら、さぞかしツルツルにされたショックは大きかっただろう。だが、長年ティアにしてきたことを思えばまったく同情の心がわかない。

「んんっ、すまない。話がそれた。それに――その占い師はいつも深くフードをかぶって顔を隠していたそうだが、去り際にダークブロンドの髪が見えたそうだ」

「それって……」

「ああ。若い男で、異国風の訛りとダークブロンドの髪――全部状況証拠ではあるけれど、占い師の正体はグリーグだと思う」

そう言うとアリスティアが息を呑んだ。僕もこの可能性にたどり着いて、顔を顰めた。なぜなら、彼が占い師だったとしたら、ずっとアリスティアを苦しめてきた『占い』なんて全部嘘っぱちだったことになるからだ。

グリーグには精霊の存在が見えていた。だからこそ、精霊たちがたくさんまとわりついている赤ん坊のアリスティアを見て彼は驚いたに違いない。

今まではウィストン国の王家にのみ出現していた精霊の愛し子が、何故かここにいるぞ、と。

精霊の愛し子が国を繁栄させることは他国の人間が知っていてもおかしくないし、それが気候が寒冷で作物の育ちにくいフルスターリ王国の者だとしたら、彼女を手に入れたいと思っても決して不思議ではなかった。

「……これはフルスターリ王国の王家の事情を交えた僕の想像なんだけど」

「ええ」

「グリーグが占い師だったとしたら、国のために精霊の愛し子を手に入れたいと思ったはずだ」

「両親に私を手放してほしくて、グリーグが、私が疎まれるような占いの結果をわざと言ったということ？」

ジェフは静かに頷く。

「殺すともっと災いが起きる……くらいは言ったんじゃないかな。そうしてティアが両親から愛情をもらえないように追い込んだんだ」

「……酷い」

「ティア」

そっとアリスティアの手を取り、安心してもらえるように優しく握る。

「僕がいるよ。だから、キーオン殿下にはティアを諦めてもらってさっさと帰国してもらおう。彼らが帰れば、お付きとして紛れ込んでいるであろうセレスティナ嬢も帰らざるを得ないはずだ」

「ええ！」

そうして、僕たちは軽いキスを交わしたあと別れた。


互いの情報を交わし合った翌日、僕はグリーグと話をすることにした。グリーグは王宮内をウロウロと動き回っていたので声をかけやすい。僕はいかにも友好的に彼に微笑んでみせた。

「はい？　殿下のお付きについて知りたい、ですか？　ジーフリート殿下は変わったことに興味を抱かれるのですね」

「少し遅くなってしまったが、我が国に滞在する間に彼らにも不自由な思いはさせたくないし、出来れば快適に過ごしてもらいたいと思っているんだ」

「……これはまた、細やかな気配りをありがとうございます」

グリーグは、突然話しかけてきた僕にお礼を言いながらも、怪訝そうな目で見ている。

ティアが言うにはキーオン殿下のお付きの者の中にセレスティナ嬢は紛れているということだ。チリチリの頭を隠しながら暗躍しているに違いない。それに彼女が王宮に来ているのなら、ここ最近のティアへの嫌がらせは十中八九彼女の仕業だろう。

下剤を使ってお腹を壊そうとすることも、廊下で足を滑らせ転ばせようとしたことも、セレスティナ嬢が精霊たちにやられてダメージを受けた内容を彷彿とさせるものばかりだ。

「……さすがに本名ってことはないか」

部屋に戻りグリーグから受け取ったリストを眺めても、そこにセレスティナという名前はない。

ティアの身の安全のためにも早く捕まえて、精霊たちにお仕置をさせた上で処罰を受けさせるのがいいだろう。

いっそ、彼女の髪を毛根から焼いてしまおうか？　精霊たちは喜んでやってくれるはずだ。

でも、ティアはちょっと困った顔をするのかな？

そこまで考えて、僕は手を止めた。

「ティア……」

未来の王妃という重く面倒な立場に彼女を立たせることになってしまったけれど、ずっと笑っていてほしい。あの笑顔を守るためなら僕はなんでもしよう。

精霊の愛し子であることを重荷になんて思ってほしくない。僕はティアが愛し子だから愛してるわけではないのだから。

僕や周りからの愛情を受けて幸せを知ってほしい。ただそれだけだ。

そんなことを考えていると、部屋の扉がノックされる。

「誰だ？」

「……ジーフリート殿下、今お時間よろしいでしょうか？　お話があります」

――この声はグリーグ？

少し怪訝に思いつつ、一緒にリストを眺めていた護衛に目配せをする。

「お断りしますか？」

「いや……断ってもまた来るのは変わらないだろう。何か新しい情報が掴めるかもしれないし。とりあえず話だけでも聞こうか」

「しかし――」

護衛が苦い表情になる。彼の心配もわかるけれど、情報が手に入る機会を逃すわけにもいかない。

なんとか説得を、と思っていると扉の外で悲鳴が響いた。

「熱っ！」

突然、ジェフからもらったネックレスと指輪が熱を持った。

「な、何？」

いつものジェフを感じてほのかに熱くなる時とはまるで違う、急き立てられるような熱さ。

まるで何かの警告のよう――――まさか、ジェフの身に何かあった⁉

私は慌てて精霊たちに向かって声をかける。

「誰か！　お願い！　今すぐジェフの安全を確かめ……」

『アリスティアーー！』

『大変だよぉぉ』

『ジェフが危険ー』

私が精霊たちに呼びかけるのと、精霊たちが慌てて部屋に飛び込んで来るのは、ほぼ同時だった。

「き、危険って何？」

やっぱりこの現象は警告だった？

ドクンドクンと私の心臓が嫌な音を立てている。

落ち着け、落ち着くのよ私……と必死に自分に言い聞かせながら、精霊の次の言葉を待つ。

『胡散臭い男がジェフを襲おうと企んでる！』

「胡散臭……どっち⁉」

王子も側近もどちらも胡散臭い男よ！　と思いながら私は叫んだ。

『えっと、えっと、その1の方！』

その1ということは……グリーグの方だわ。でも、どうしてジェフが襲われそうとなっているの？　彼らの狙いは私じゃないの？

いてもたってもいられなくなって、急いで部屋を飛び出す。

「アリスティア様？　何かありましたか？」

突然、血相変えて飛び出して来た私に護衛が何事かと目を丸くして驚いているが、彼らにうまく説明をする暇はなかった。

「ジーフリート殿下の元に行きます！」

「え!?」

それから私は精霊たちに向かって必死に叫んだ。

「お願い！　今すぐグリーグを足止めして！　なんでもいいわ。好きにして！　転ばせてもいいし、水責めでも構わない！　あんな胡散臭い男の頭は全部チリチリにしてやって!!」

『ワーイ！　許可が出た!!』

『よっしゃー！』

『分かったぁー』

『いってくる〜』

精霊たちは、嬉しそうに目を輝かせると、物凄いスピードでジェフの部屋の方へと飛んで行った。

「早っ……！」

あれはもうジェフを助けると言うよりも、水責めやチリチリに出来ることを喜んでるようにしか見えない。

それでも、ジェフが無事ならそれでいい……

そんな思いでジェフの元へと走る私に、残った精霊たちが微笑んだ。そう言えば、ジェフが街で刺されていた時には焦っていたはずなのに、今のこの子たちには焦りが一切ない。

どうして？　と思うと、心を読んだように精霊たちが口々に話し始めた。

『大丈夫だよ～アリスティア』

『万が一、襲われてもジェフには加護があるからねー』

「加護……？　ずっとジェフを守っていたネックレスは今は私が持っているのよ？」

『アリスティア忘れちゃったの？』

『たくさんたくさん気持ちを込めたハンカチあげたじゃーん』

そう言われてティアとして会った最後の逢瀬の時に、渡したハンカチの存在を思い出した。

「今もあのハンカチを持ってくれているの？」

『え～？　今、も何も……』

『ジェフは毎日持ってるよぉ？』

『どこにでも持ち歩いてるもん』

『自分で毎晩手洗いしてるの』

『大事だから誰にも触らせたくないんだって』

「え！」

毎日持ち歩いてる？　そして、王子様、自ら手洗いしているですって⁉

それに誰にも触らせたくない……だなんて。そんな場合ではないのに胸がときめいてしまう。

『それに二倍だから、強力だよー』

『だね～』

「……二倍？　どういうこと？」

――そう言えば、前にも似たようなことを聞いた気がする。一瞬足を止めて聞くと、精霊たちはにまっと笑って、こちらを向いた。

『そっか！　アリスティアは知らないんだ』

『あのね？　ジェフはアリスティアのハンカチを持ってるんだよ』

「私が最後にあげたやつよね？」

『そうじゃないよー』

『一番最初に張り切ってジェフのために作ってたやつ！』

最初はその言葉の意味が飲み込めなかった。ジェフに渡すつもりで張り切って刺繍していたハンカチはセレスティナに奪われてしまったはずだ。

『あのハンカチをジェフが持ってるんだよ～！』

「え⁉　どうして？」

何をどうしたらあのハンカチをジェフが持つことになるの？

『セレスティナがジェフに渡したー』

『殿下のために頑張って手に入れたんですぅって言ってたよ』

『大嘘ついてた』

「……え？　頑張って……？」

大嘘つきにも程がある。セレスティナは私からあんな形で奪っておいて、ジェフ……ジーフリート殿下に渡していたなんて！　その図々しさには、ほとほと呆れてしまう。

「つまり、ジェフはセレスティナが渡したハンカチを、私が刺繍したものだと分かって肌身離さず持ち歩いてくれているの？」

『そうだよー』

『ジェフはアリスティアが大好きだからね～』

『アリスティアに関わる物はぜーーんぶ宝物なんだって！』

宝物だなんて……本当にジェフったら……

「……行かなくちゃ」

なおさら足に力を込める。精霊たちが今頃、あの胡散臭い男をメタメタにしてくれているだろうけれど、この目でジェフの無事を見ないことには安心出来ない。

再び走り出し、あと少しでジェフの部屋の前に辿り着く……という時だった。

「うわぁぁぁー!?　何ですか、これは！　え、こら！　やめなさい！」

必死に叫ぶそれは、聞き覚えのあるグリーグの声だ。

グリーグはジェフの部屋の前で精霊たちと格闘していた。

尻もちをついてるところを見ると、精霊たちはまず彼を転ばせるところからお仕置を始めたようだ。そして今は最近大好きなチリチリ攻撃に移行している。

「な、なんてことをするんですか!? か、髪の毛が……チリチリに!?」

精霊たちはグリーグの髪の毛を楽しそうに燃やしながらどんどんチリチリにしていた。

『やっぱり楽しー』

『このままツルッツルにするのもいいよね～』

『どっちにしようか？』

『あ！ てっぺんだけツルツルは～？』

『それいーね！ そうしよう！』

何故か攻撃がパワーアップして、えげつないことをしようとしているけれど、今そんなことはどうでもよかった。

グリーグの前に躍り出ると、グリーグが焦っていた表情から驚きの表情に変わる。

「こ、これはこれは……愛し子、アリスティア様ではありませんか！ ……ど、どうしてあなた様がここに……」

その声と顔は、純粋な驚きと言うよりも苦々し気に感じられる。精霊たちが囁くように耳元で『こいつ、キーオン殿下がー、とかって言ってたよ』『ジェフを襲おうとしてた！』と教えてくれる。

ここでキーオン殿下の名前が出るなんて。これは殿下の指示によるものなの？

私が精霊たちの言葉に顔を歪めると、グリーグはハッとした表情になった。それから小声でぶつぶつと呟き始める。

「……なるほど……これは単なる精霊たちの暴走ではなくあなたの仕業……。そ、それなら話は早い！　彼らに早く止めるように言ってください！　さぁ！」

次第にグリーグは捲（まく）し立てるように私に向かって叫んだ。

でも止めてあげるつもりなんてほんの少しもない。誰が止めるものですか！

私は、焦っているように見える彼ににっこり笑って答えた。

「グリーグ様。数日ぶりですが随分と斬新な髪型になられたようですね」

彼の髪はこの短い間でだいぶチリチリになっている。そして頂上（テッペン）はツルツル。

精霊たちの本気が窺えた。かなり屈辱的な髪型だと思う。

そんな私の返答にグリーグの表情はとても分かりやすく引き攣った。

「……はは、精霊の愛し子様は、見た目によらず随分といい性格をしていらっしゃるのですね……」

「お褒めいただきありがとうございます」

めげずにそう言ってくるグリーグ。言葉は相変わらず、すました様子のままだけど引き攣った表情は隠せていない。

『うっさいなぁ』

『ツルツルの範囲もう少し広げちゃお』

『だねー』

精霊たちは頷き合うと、頭のてっぺんに集まりだした。

「……や、やめなさい、こ、これ以上は……！」

するとグリーグの顔色がとたんに悪くなる。彼には精霊たちの動きが見えるから、彼らがこれから何をしようとしているのか察したようだ。

「な、何故、私がこんな目に遭わなくてはならないのです？　アリスティア様、あなたはご自分が何をしているのか分かっているのですか⁉」

そう言ってもがくグリーグの懐から、銀色の鈍い光が見える。精霊が教えてくれた『襲おうとしていた』が現実であったことに唇を噛みしめる。

「その言葉、そっくりそのままお返しいたしますわ。懐から隠しナイフが見えてましてよ、グリーグ様」

私の言葉にグリーグはひゅっと息を呑んだ。

表情は何故それを……と言っている。すると精霊たちがグリーグの懐にもぐりこんで、ナイフを外に放り出した。からん、という軽い音と共に証拠が飛び出し、グリーグはもはや言い訳すら出来ない表情で口をはくはくと開閉した。

「そんな物騒な物をお持ちになりながら、ジーフリート様になんの御用ですか？」

――でも、あまりにも計画が荒すぎる。単独で乗り込んだ所で、ジェフに護衛が付いているのは分かっているはずだし、彼には精霊が見えていたのにここまでのことをするだろうか？

何か別の目的があるのかもしれない、と思いながら睨みつけると、彼は息を整えてから、笑みを無理に取り繕った。

「いやいや、誤解ですよ。これは護身用でして。決してジーフリート殿下を傷付けるために持っているわけではありません。ただ私は精霊の愛し子様に我が国をお救いいただきたく……」

『大嘘つき～』

『部屋の扉の前でブツブツ計画を口にしてたー』

『えっと、なんだっけ～。まず、隠し持ったナイフで～』

「グリーグ様。精霊たちは全部見ていたそうですよ」

「……見られていた？」

この男は精霊が見えるのに、それに気付かないほどその計画とやらにのめり込んでいたらしい。

「で、ですから、それは……」

グリーグがさらに言い訳を口にしようとしたその時、ジェフの部屋の扉が勢いよく開いた。

「――離せ！　アリスティアの声がするんだ！　何かされていたらどうするんだ!!」

「お待ちください、ジーフリート殿下！　安全を確かめてからでないとって、あぁぁ、開けてしまった……」

現れたのはジェフと護衛の人だった。心配していたけがは一切なく、どちらかというと護衛の方が疲れているように見える。

「ジェフ！」

「……ティア!!」

ジェフと視線が合う。彼の無事な姿を見られたのでホッとした。

私を抱きしめようとした拍子に、ツルチリになったグリーグの頭が視界に入ったようで、ジェフは一瞬ギョッとした表情をしていたけれどまっすぐ私の元に来てくれた。

「ティア!!　何もされていない？　突然、扉の外からティアの声が聞こえて来たから心臓が止まるかと思った」

ジェフは震え声で言いながら私を抱きしめる。

「私は大丈夫よ？　精霊たちもいるし、護衛の方もちゃんと後ろから付いてきてくれていたもの」

「それでも、だよ」

私を抱きしめるジェフの力がますます強くなる。

「本当に大丈夫。指一本触れられていないわ。それよりジェフ、あなたの方が危険だったのよ？」

「……うん、そうみたいだね。初めは僕も普通に応対して部屋に入れようとしたんだけど」

「けど？」

そこで、言葉を切ったジェフは苦笑した。

「護衛を説得して扉を開けさせようとした瞬間、外からグリーグの叫び声が聞こえて来たんだ」

いいタイミングで精霊たちが辿り着いてくれたのね。

どうやら危機一髪だったみたい。

「だから様子が変だなって思い、扉を開けずに外の様子を窺っていたんだよ。そうしたらグリーグがまた叫び出した」

「なんて？」

「か、髪の毛がぁぁって叫んでた。それで、精霊が来ていてチリチリの刑にしているんだと思った……のだけど」

そう言いながらジェフの視線がグリーグに向かう。

今、彼はジェフの護衛と私の護衛によって捕縛されている所だった。

「なんでか分からないけどチリチリだけじゃなくててっぺんはツルツルになってるよね……？」

「……えぇ、まぁ」

「あんな合わせ技もあるんだなー……」

ジェフは感心したように言う。

それから締まらないね、と肩をすくめて私に視線を戻した。

「とにかくそれで危険な訪問だったと分かった。……そう言えば、ティアが精霊たちを僕に寄越してくれたの？」

「ええ。ジェフにもらったネックレスと指輪が反応したの。それと同時にジェフが危険だって精霊たちが言うから……私、無我夢中で好きにしていいと言ってしまったの」

「……それでアレか」

ジェフが再びグリーグに視線を送る。遠い目になっているのは、同じ男性としての気持ちを察したのかもしれない。

それを見た精霊たちがハイタッチを繰り返しながら、胸を張る。

『もちろん、ツルツル部分はもう生えないよ～☆』

『元に戻ったら、お仕置にならないからねー』

そんな無邪気で残酷な声に、私は苦笑した。

「そしてやっぱりあの部分はもう生えないみたいよ？」

「そ、そうか……まぁ、同情はしない。その事実はあの男には伏せておこうかな。いつか再び生えるはずだと信じ続けるけど叶わないなんて絶望だろう？」

「……精霊たちのお仕置は容赦がないわね」

「そうだね……ティア」

「ジェフ？」

ジェフが私を呼ぶ声にはどこか甘い響きが含まれていた。

「ありがとう。こうして何事もなく僕が無事にいられるのはティアのおかげだ」

「私でもあなたの役に立てた？」

その言葉にジェフは笑う。

「僕のピンチを未然に防いでおいて何を言っているんだ？」

「それは……あっ」

ジェフがすかさずチュッと私の頬にキスを落とす。

「皆が見ているわ……」

「うん、そうだね。でも、構わない。特にグリーグの奴には見せつけておこう」

「もう……！」

そんなことを言いながら、ジェフは私を抱きしめながら頬だけでなく顔中にたくさんのキスを降らす。とてもくすぐったいけど幸せに感じて、思わず私からも彼にキスを送ってしまう。

「……くっ！　あの二人は何をしてるんですか！　なんですか、この甘ったるい空気は……!!」

抱き合ってキスをしている私たちの近くでは、グリーグが苦しそうに叫んでいた。

捕縛を完了した護衛たちが肩をすくめる。

「何を言っている？　ジーフリート殿下とアリスティア様はあれが通常だ。まったくもっていつも通りの微笑ましい様子のお二人だ」

「そうそう。未来の我らが王太子夫妻はいつだって仲睦まじいのだ！」

「いつも通り!?　おかしいでしょう!?」

そう喚くグリーグに私たちの護衛は「はぁ？　何、言ってんだ？」と一蹴していた。

「そ、そんな!!　な、なんてことだ！　アリスティア様……いえ、精霊の愛し子が既に汚されて……!?　それは駄目です……彼女は我が国を！　キーオン殿下の花嫁として……っ」

『うるさーい！』

『まだ、懲りないの～？　しつこ～い』

『アリスティアの幸せな時間の邪魔をするなぁーー』

『アリスティアは汚れてないぞ！　いつだってキレイだぁぁ』

『バカにしたな。許さなーい！　えーい！』

「ぐぁぁぁぁ!?　こ、今度は何を……ぐはっ、苦しっ」

捕縛されているはずのグリーグから新たな悲鳴が聞こえてきたので、何事かと顔を向けると、今度はグリーグだけがびっしょり濡れている。

「ジェフ……あれ」

「うん。精霊たちはあの男にちょっと熱い思いばかりさせちゃったから、今度は気を利かせて冷やしてあげたんじゃないかな？　優しいよね」

『ひゃっほー！　いぇーい!!』という嬉しそうな声だけが聞こえるけれど……優しさとは？

ジェフに会えて嬉しくてつい放っておいてしまったけど、そろそろ止めなくては、と精霊たちに声をかけようとする。しかし、そんな私の顎をそっと掬って、ジェフが私の顔を上向かせた。

「そんなことより、ティア。よそ見しないで僕だけを見て？　あんなのを視界に入れるとティアの美しい目が汚れるよ」

私の目を美しいだなんて言ってくれたけれど、私はジェフの目こそ綺麗だと思う。

そんなジェフの瞳にうっとり見蕩れていたので、追加の水がグリーグに降り注ぐ音も「く、苦しっ……」ともがいているグリーグの声もうっすら聞こえてくるだけだった。

『あー、すっきりしたよー』

『ツルツルもチリチリも、どっちも楽しいね～～』

『水責めも捨てがたーい』

やがて精霊たちが満足そうな顔をして戻って来た。

「ティア？」

「あ……精霊たちが満足そうな顔して戻って来たの。お仕置は終わりみたい」

「そっか。もう、終わっちゃったんだ？」

そう言って残念そうな声を出したジェフは、キスをやめてしまう。

「あ……」

「ティア？　……あぁ、続きは後でしようか？　ここにもたくさんキスをしたいしね」

ここ、と言ってジェフの指が私の唇に触れる。ひゃぁぁ！　と私の心臓が大きく跳ねた。

「顔が赤くなるってことは期待してもいいのかな？　よし！　さっさとあの胡散臭いツルチリびしょ濡れ男を片付けて来よう！」

ジェフはそう言って嬉しそうに笑うと、捕縛したグリーグの処理の指示を出し始めた。

頭のてっぺんだけがツルッツルになり、残りの髪をチリチリにされた挙句、大量の水責めにあったグリーグは抵抗らしい抵抗も出来ずに連れられていく。

後は、精霊たちが言っていたようにキーオン殿下がどうやって関わってくるか、だけど……

「しばらくグリーグはあのまま拘束して牢屋で過ごしてもらう。その間に僕はキーオン殿下へ抗議状を送るよ」

「キーオン殿下が黙っているかしら？」

「黙らせる。と、言うかこの件で強制的に帰国してもらおうと思っている」

確かに、これはもう交流を図るどころか国際問題……といっていいだろう。刃物を持って、他国の王族の部屋を訪れた時点で捕縛される理由としては十分すぎる。

部屋への道を歩きながら、ジェフは軽く溜息をついた。

「キーオン殿下は第二王子だからね……この行動がフルスターリ王国としての動きなのか個人的な勝手な行動なのか――」

そこまでジェフが言いかけた時だった。

『アリスティア～大変!!』

精霊たちが私の部屋の方向から勢いよく飛んで来る。

『胡散臭いやつその2』

『現れたぁ！』

「え？」

現れた？　キーオン殿下が？　どこに？

咄嗟には理解出来なかったけれど、精霊たちが言っていた話の意味はすぐに判明した。

私の部屋の前で誰かが言い争っていたからだ。

「お引き取りください！　キーオン殿下がこの部屋を訪ねる許可は下りていないはずです！」

「なぜ、愛し子に会ってはいけない？　我々は交流を深めるためにこの国に来た。次期王妃殿下との交流を蔑ろにするのか？」

「ジーフリート殿下は許可を出していません！」

どうやら私の部屋を訪ねて来たキーオン殿下をヨハンさんが追い返そうとしているようだ。

このタイミングで、キーオン殿下が私の元に訪れたことに嫌な予感がする。

私が彼らと会わないようにジェフが配慮してくれていたから、キーオン殿下に私の部屋を訪ねる許可は下りていない。それどころか、まだ未婚であり、精霊の愛し子という特殊な立場であることを踏まえて、彼は私の部屋があるこの区画そのものに立ち入ることさえ禁止されているはずだ。

つまり、キーオン殿下は敢えてそれを破ったうえで私の部屋にやって来たということになる。

「ジェフ、これは……」

「……だろうね。このタイミングは間違いない。わざとだろう」

握っている手にギュッと力がこもる。

「グリーグが僕を襲うどさくさに紛れてティアと接触する手はずだったのかもしれない。僕が襲われたとなれば護衛も警備もそっちに注意が向く。ティアの警護は手薄になったはずだ」

ようやくグリーグが言っていた言葉の意味が分かった。

「なんなら僕の命を握ってるとでも嘘をついてティアを脅したかもしれないね」

「そんなっ！」

そんなの想像するだけでもゾッとする。

「あ、でも……グリーグもキーオン殿下も、精霊がいるのに無理やりどうにか出来ると思っていたのかしら？」

「……多分だけど、愛し子でないと精霊と会話までは出来ないだろう？　だからグリーグも精霊の実態はよく分かっていなかった。それで精霊の攻撃を甘く見ていたんじゃないかな？」

確かに、まさかあんな髪型にされるとは夢にも思ってなかったでしょうね。

私たちが遠くで見ている間にも、キーオン殿下の声はヒートアップしていく。

「たかが、王子の側近の一人のくせに生意気ではないかっ！　私を誰だと思っているのだ？　私はフルスターリ王国の王子だぞ！　さぁ、扉を開けて愛し子に会わせろ！」

愛し子、と言う単語にやはりと思う。彼が求めているのは、『ウィストン王国の次期王妃』ではなく、『精霊の愛し子』だ。

私が精霊の愛し子だと他国に発表はしていなかった。

このことを知っているのであれば、やはりグリーグがあの占い師だったのだろう。

思わず手を握り締めると、ジェフは私の握った手をそっと開いてから私に微笑みかけた。

「ティア。絶対に僕から離れないで？　いざという時は精霊を頼るんだ」

そして、颯爽とした足取りでキーオン殿下の前まで歩み寄っていく。

「これはこれは、キーオン殿。部屋を間違えておいでではありませんか？　この区画は立ち入り制限をさせてもらっておりましたが、まさかこんなところに迷い込んでおられるとは。いい歳をして迷子でしょうか？」

「なっ⁉　ジ、ジーフリート殿……⁉　どうして……！」

ジェフの声に驚いたキーオン殿下は目を大きく見開いた。隣国の王子を迷子扱いなんて……ジェフは見た目とは違ってなかなか好戦的な性格をしているみたいだ。

うろうろと空中をさ迷っていたキーオン殿下の視線が、私を捉えて急に定まる。同時に彼の表情が変わった。

「な、何故、い、愛し子までそこにいるのだ⁉　これはどういうことだっ！　グリーグの奴……」

憎々しげに付け加えられたグリーグの名前に、やはりこれは計画されていたことだと理解する。

もはや言い逃れのしようがない状況なのにキーオン殿下はヨハンさんに再び詰め寄った。

「貴様、愛し子は最初から部屋にいなかったのか‼」

「愛し子ではなく、アリスティア様です！　アリスティア様が中にいらっしゃるなんて一言も口にしていません。ただキーオン殿下にはこの部屋を訪ねる許可がないと申し上げていただけです」

「……くっ」

その言葉にキーオン殿下はグッと悔しそうに押し黙った。愛し子ではなく、アリスティア。その言葉が嬉しい。ヨハンさんの口からその言葉が出るというのは主であるジェフ自身がそう思い振る舞っているからだ。

キーオン殿下から私への視線を遮るように、ジェフが一歩前に出る。

「……それで、キーオン殿？　本当にあなたはここで何をしていたのですか？」

するとキーオン殿下が気まずそうに目を逸らす。ジェフは眉間に皺を寄せて、さらに詰め寄った。

「愛し子に会わせろ、と聞こえたような気がしますが、まさか僕の婚約者に個人的な用事などありませんよね？」

「……き、貴殿の気のせいだ……そ、そうだとも！　わ、私は迷子になってこちらの区画にま、迷い込んだ。そ、それだけだ！」

まさかの迷子説に乗っかる王子殿下の姿に、私は頬をひきつらせた。

「愛し子に会わせろ」と詰め寄っている所をしっかり目撃されたのに、この案を採用するなんてプライドはないのかしら？

声が聞こえる心配のない精霊たちは盛大に彼を馬鹿にしている。

『胡散臭い男その2って、バカなのかなぁ？』

『迷子だって、迷子！　有り得な～い』

『なぁんか、チリチリにする価値もないね』

『つまんない男』

散々な言われようだった。チリチリにする価値もない程のつまんない男に成り下がっている。

「……ティア。どうしようか。嫌味に本気で乗っかって来られちゃったんだけど……」

ジェフが小声で私に訊ねる。若干だけど声に動揺が感じられるのでジェフの中でもこの返しは想定外だったみたい。

ヨハンさんも呆れ切った様子で、ジェフに視線を向けた。

「もう相手にするのも面倒なので、釘だけは刺しておいてさっさとお帰りいただいては？　もちろん国にですが」

「そうだね。グリーグは処罰があるから帰せないけど、この感じだとあっさりグリーグの事も見捨てそうな気がする」

「私もそう思うわ」

キーオン殿下はさっき、ヨハンさんに向かって、たかが王子の側近の一人と言い放った。それにグリーグに対しても同じ考えのようだ。

それが非常に気に入らない。

グリーグはあんなお仕置までされても、ずっと国のためにと叫んでいた。もちろんあんなやり方しか取れない人を救おうなんて思いはしないけど、それでも彼は必死だったと思う。

でも殿下にとってはそんなグリーグさえも、不要になれば替えのきく側近の一人としか思っていないのかもしれない。

「ティア、キーオン殿下を部屋にお返ししてくるね。ティアは部屋にいてくれるかな？　また後で訪ねるから」

「……待っているわ」

「うん、待ってて」

私がそう答えたらジェフは嬉しそうに笑って私の額にそっとキスを落とした。その些細な仕草にもキーオン殿下が顔色を変える。

「っ!!　お前が私のものにさえなれば……くっ、放せ！」

そんな私たちの様子を見てキーオン殿下は何かを言いかけ、ギリギリと歯を食いしばっている。

「キーオン殿？　何か？」

キーオン殿下は悔しそうな顔をしたまま何も答えない。

「特にないなら戻りましょう。迷子らしいですからね。ご案内しますよ」

ジェフのその言葉を受けて、キーオン殿下はさらに歯を食いしばるだけだった。

キーオン殿下と共に部屋へと向かおうとするジェフの背中を見送りながら、私は精霊たちにこっそりお願いをする。

「……念のためにジェフについていってくれる？　何かあったらまたすぐ知らせてほしいの。あ、何か危険な時はすぐにグリーグみたいな目にあわせていいから！」

迷子の二十五歳児に何か大それたことが出来るのかは分からないけれど万が一のためだ。

気合を入れてそう言うと、精霊たちがくすくすと笑いながら飛び回った。

『アリスティア容赦しなくなったね～』

『前のアリスティアは躊躇(ためら)ってたのにー』

「だって、大好きなジェフのためだもの」

私がキッパリとそう答えると精霊たちは笑う。

『分かった～』

『アリスティアがジェフ大好きなら僕たちは守るー』

『いってきまーす』

「うん、お願いね！」

精霊たちは、本当に心強いわと思いながらついていく姿を見送った。

「ティア、戻っ……」

「ジェフ!!」

ジェフを待っている間、ネックレスも指輪も反応しなかったし精霊たちも騒がなかった。それでも、不安は消えてくれなかった。

こうして訪ねてきたジェフは怪我一つ負っている様子がないのでホッとする。

だけど、部屋の扉を開けるなり突然抱き着いてきた私を優しく受け止めたジェフは、少し困惑している様子でもあった。

「ねぇ、ティア……もしかして、心配かけてた？」

コクコクと私は無言で頷く。

「そうだよね。でも大丈夫だったから」

「……何もされなかった？」

「うん。ずっと睨まれてはいたけどね。それでも色々と話をつけて来たよ」

その言葉に心から安心して、私はようやくソファーに腰を下ろす。

ジェフも当然のように私の隣に座る。それから事の顛末を話し始めた。

「三日後に帰国してもらう……そう決まった。いや、決めさせた、かな。それからグリーグのしたことを話したら白を切ってたよ。側近の勝手な行動だ、だってさ。罰もお好きにどうぞ、だって」

やっぱりキーオン殿下は失敗したグリーグをあっさり見捨てたらしい。顔を顰めると、ジェフが頷いて付け足すように言った。

「それで、急遽明後日の夜に簡単なパーティーを開くことになった」

「パーティー？」

「キーオン殿下は、フルスターリ王国に今回のことがバレると色々問題があるようだから、取引をすることにしたんだ」

「……何を？」

「フルスターリ王国にいるオーラスと偽セレスティナ嬢を引き渡してもらう代わりに、今回の『迷子』とグリーグの件は目を瞑るってこと」

ジェフがキーオン殿下にそこまで譲るとは思っていなかったので驚くと、ジェフはにっこり笑った。

その顔は何かを企んでいる時の精霊の笑顔に似ている。首を傾げると彼は言葉を続けた。

「殿下はセレスティナ嬢を知らないと言っていたけれど、あれはやっぱり何か知っている顔だ。キーオン殿下は間違いなく彼女の逃亡に関わっている」

「今回捕まえてしまえばよかったんじゃないの？」

「今回の『迷子』の件ではキーオン殿下自身の罪を重く問うことが出来ない。それに、パーティーのような機会があれば、未だにこの王宮内のどこかに隠れている本物のセレスティナ嬢も現れるんじゃないかと思ったんだ」

「セレスティナ……」

セレスティナのことを思い出して苦い顔をするとジェフが手を伸ばす。私の頬にそっと触れると、彼は私の目を見つめながら言った。

「セレスティナ嬢に帰ってもらってから捜索することも出来るけど、その間ティアが不安になるのは嫌だ。だからここで徹底的に掃除をしようと思ったんだ」

「掃除……？」

「そう。精霊たちも……協力してくれるかな？」

ジェフは最後、顔を上げて精霊たちに向かって言う。

姿は見えていないはずなのに視線の位置はばっちり精霊たちに合っている。精霊たちも頼られたことが嬉しかったのか、歓声を上げている。

『わぁーい』

『もっちろーん！』

『好きなことしていーい？』

『アリスティアのため～』

案の定、精霊たちはノリノリの返事をする。ジェフは見えていなくともその返事を感じ取ったようで薄く微笑んだ。

「大丈夫そうだけど、なんて言ってる？」

「喜んでいるわ。もちろん！　ですって。好きなことをしていい？　とも聞かれたけど……」

「他の招待客に被害がなければ好きにしていいよ」

ジェフのその返答を聞いた精霊たちはますますはしゃぎ出す。

『やったー』

『許可が出たぁぁ！』

『お揃いのツルツルとチリチリにするのもいーよね』

『全部ツルツルにする？』

『あ、逆にボワンボワンにしようか？』

『切っても切ってもすぐ伸びてボワンボワン！』

「え！」

ボワンボワンという新しそうなお仕置にびっくりして思わず声が出た。

ジェフが心配そうな顔になったので、慌てて説明する。

「えっと、精霊たちがツルツルとチリチリだけでなく、ボワンボワンとか言い出したから驚いてしまったの」

「ボワンボワン……」

「そう。ボワンボワンよ。切ってもすぐに伸びてそうなるんですって」

「………それは、常に頭が重そうだね」

毛根を壊滅させられる精霊たちのことだから、毛根を活性化でもさせるのかしら？　それはチリチリとツルツルよりはまし……？

精霊たちの楽し気な会話はまだ続く。

『一度焼いちゃうと生えなくなっちゃうからね～』

『ボワンボワンにするなら最初からその気でいかないとだね！』

『やったことないけど上手くいくかなぁ？』

『失敗してもいいんじゃなーい？』

『楽しみ～～』

楽しみにするのは構わないけれど、完全にお仕置することが前提で話が進んでしまっている。

「そういえば、セレスティナが現れたらどうするの？　あの子はもう既にチリチリなのよね？」

精霊たちにそう訊ねると彼らは、うーんと考えた後、笑顔で言った。

『胡散臭い男その1みたいに混ぜよっか！』

『あちこちにツルツル部分も作るの～』

『面白そうじゃない？？』

精霊たちの言葉に、ボコボコな頭になったセレスティナを頭の中で想像したらとても酷かった。

……ここまで、グリーグが手ひどくお仕置されているのだから、これ以上何もしてこない方がいいわ、とセレスティナに内心祈る。ただ、もし何かしてきたら私も止めたりはしないだろう。

「ティア」

ジェフが私の名前を呼ぶと同時にそっと抱き寄せる。

私はこの温もりが大好き。心から安心出来る場所だ。ようやく手に入れた温かい場所を失わないためだったら、ちょっとぐらい酷いお仕置は見逃してしまいそうだ。

「精霊たちだけじゃない。僕も君を守るよ」

「ありがとう！　私もジェフが大好き」

その言葉が嬉しくて私はぎゅっとジェフの身体に腕を回す。そのまま互いに見つめ合うとどちらからともなく私たちの唇が重なった。

そして、パーティー当日。

「さて！　いよいよだわ！」

気合を入れていると精霊たちがフヨフヨと寄ってくる。

『アリスティア、気合満タンだ～』

『強くなったね、アリスティア』

「え？」

『容赦しなくなったのもそうだけど～』

『顔付きが昔と違ーう』

「……顔付き？」

そう言われて鏡を覗き込んでみるけれど、そこに映るのはいつもの自分の顔だ。昔と違うと言われても自分ではよく分からない。

けれど精霊たちは、やっぱり嬉しそうに私を見つめている。

『ジェフと出会えてよかったね、アリスティア』

『たくさん愛されてるからね』

『僕たちも愛してるけどね！　ジェフにはまだまだ負けないも～ん』

「……みんな」

改めて実感する。私はちゃんと愛されている。精霊たちそして最愛の人であるジェフに――

だからこそ、今日はきちんとすべてに決着をつけるのだ。

「ティア、支度出来た？」

「ジェフ！」

ジェフの登場に思わず笑ってしまう。

「ふふ」

「ティア？」

前回、ジェフが来たあとの私のお化粧が大変なことになっていたせいで、侍女の方からは「最終仕上げはジーフリート殿下の訪問の後にしましょう！」と言われているのだ。

「どうして笑うの？　僕の天使」

「いえ、ふふ、いつも通りのジェフに安心していたの」

「ん？」

「お化粧の最終仕上げはジェフの訪問の後なんですって」

その言葉に含まれた意味が分かったのだろう。ジェフは少しばつが悪そうに頭を掻いて、それから閃いたように顔を上げた。

「つまり……今ならティアに触れたい放題……？」

不穏な言葉と共にジェフの顔が近付いて来る。早速あちこちにキスの雨が降り注いだ。

「あ……も、もう！」

「無理！　ティアが可愛すぎて止まれない。あぁ、こんなに可愛くて天使なティアをあの迷子男に見せると思うと……」

「ん……」

「目潰ししたくなる」

ジェフはキスの合間にとんでもなく物騒な言葉を呟いた。

『目潰しだってぇ』

『これはジェフの許可が出たんだよね？』

『覚えとこ』

「ティア、ダメだよ、僕に集中して？　今は僕のことだけ考えて？」

「ジェフ……」

相変わらずヤキモチ焼きのジェフがそっと私の唇に触れる。

しばらくの間、私たちは互いを求め合いながら過ごした。そして、侍女による化粧の仕上げを終え、いよいよパーティーへと向かう時間になった。

私は会場までの道を歩きながらジェフに訊ねた。

「グリーグは何か話したの？」

「いや。特にキーオン殿下についてははぐらかすようなことばかり言っているみたいだ。キーオン殿下がここにいる間は黙り(だんま)を続けるつもりなんだろうね」

キーオン殿下には既に見捨てられてしまっているのに、まだ彼に尽くそうとする姿に少しだけ痛ましい気持ちになる。するとそんな私を掬い上げるように、ジェフは私の手をぎゅっと握り、悪戯っぽく笑った。

「あとはやっぱり髪型を気にしてるよ。チリチリ部分がいつまでたってもチリチリのままだって。てっぺんはもう生えてこないって知ったら卒倒するんじゃないかな？」

「……ツルチリは凄いわね」

その言葉に苦笑しつつ答える。なんてデリケートな部分を攻めたお仕置……本当に精霊たちのあの攻撃のダメージは大きい。

「さあ、行こうか」

ジェフの言葉に肩の力が抜けた。呼ばれる声に従って、私たちはパーティー会場に入場した。

フルスターリ王国の彼らを迎えるときのパーティーに比べると、会場はやや静かだ。

招待されている人数も少なく、国王陛下もいない。

ジェフ曰く体裁を取り繕うためのパーティーだから、これぐらいでちょうどいいのかもしれない。

『アリスティア、セレスティナの気配がするよ』

『んー、近づいて来てる？』

最後に案内されるはずのキーオン殿下を待っていると、精霊たちが私に囁いた。

セレスティナ……大人しくしていないと髪がツルチリよりひどいことになるのに、やっぱり乗り込んで来るのね……

その時ちょうどキーオン殿下の入場が告げられ、会場の入口へと視線を向ける。

すると、思ったよりも堂々と入場して来たキーオン殿下が誰かをエスコートしている。

その女性は、どこからどう見ても……セレスティナだった。

「セレスティナ――!?」

さらに言えば、彼女は黒髪ではなくなっていた。チリチリになった髪のままでもない。

私と同じ金髪だ。

「キーオン殿下の隣の方は？」

「アリスティア様に似ていらっしゃるが」

彼女が私に似ていることに気が付いた会場の招待客が騒ぎ始める。堂々と入場して来たセレスティナは、辺りを見渡して妖しく微笑んだ。

セレスティナが髪の色を変えてくるなんて……前と逆だわ……思ってもみなかった姿での登場の仕方に驚き、セレスティナを凝視していたら、目が合ってしまう。

するとセレスティナはニヤリとした笑いを浮かべて、私の元に笑顔で駆け寄って来た。

「お久しぶりですわ、お姉様！」

一度も聞いたことのないセレスティナからの『お姉様』呼びに完全に固まってしまう。

その言葉に会場の招待客は似ている理由を察したようだ。なかなか見ることの出来ない双子の姉妹である私たちに視線が送られる。

対応に迷っていると、セレスティナは抱き着くそぶりをしつつ、私の耳元に囁いた。

「ふんっ、何がよく似ているよ。冗談じゃないわ。誰がアリスティアなんかと！　気分が悪いわ！」

顔は見えないけれど苦々しい顔をしているに違いない。

引きはがそうとするジェフを視線で制し、セレスティナの次の言葉を待つ。すると彼女は私に似た顔でありながら、見たことのないような笑みを浮かべてまた口を開いた。

「本当に久しぶりねぇ、アリスティア。元気そうでなにより。せっかく私からした挨拶もぜーんぜん受け取ってくれないいんだもの。悲しかったわぁ」

妙に強調された言葉は下剤入りの飲み物から始まった地味な嫌がらせを指しているんだろう。

「やっぱりあなたの仕業だったのね、セレスティナ」

「うふふ、それぐらいはおバカなアリスティアでも気が付いたのね？　そう、私ね？　どうしても納得がいかないの。なんであなたなんかが未来の王太子妃とか言われてチヤホヤされて私が惨めな思いをしなくてはならないの？　こんなのおかしいわよね？」

セレスティナはまったく反省などしていなかった。

抱き着いているふりをしているが、ぎちぎちと彼女の指が私の肩に食い込んでくる。彼女が恨み言を呟くにつれてその力がだんだん強くなっていく。

「そういうわけだから、アリスティア、あなたの立場は私のものよ。正しい形に戻さなくちゃね。惨めな思いをするのは私ではなくあなたなの！」

それはどういう意味？　と思った瞬間、セレスティナが怪しく笑った気配がした。

「きゃぁぁぁ！」

セレスティナが悲鳴を上げたかと思うと、後ろに吹き飛ぶようにして倒れ込む。

もちろん私は何もしていない。

呆然としていると、セレスティナは蹲ったまま身体を震わせ瞳に涙を浮かべて私を見上げた。

「ひ、酷いわ。どうして私を突き飛ばしたの？　久しぶりに会った妹にそんなことをするなんて……お姉様はいつもそう！　そんなに私が嫌いなの……？　だから私を追い出したの？」

……どの口がそんなことを!?

あまりにあきれ果てて、私もジェフも何も言えない。しかしそれを機と見たのか、セレスティナは姉に虐げられる可哀想な妹らしく俯いた。瞳からほろほろと涙を流す。性悪っぷりを知っている私から見ても、ずいぶん『悲劇のヒロイン』らしい姿だ。

そしてセレスティナはざわめく周囲の様子を気にしながら、一段と声を張り上げた。

「精霊の愛し子の件もそうよ！　本物は私だったのに、お姉様が無理やり私から奪ったのよ!!」

私は軽くため息を吐き、蹲っているセレスティナの元へと近付く。

「ねぇ、セレスティナ。今ならまだ間に合うと思うわ。ここまでの発言を訂正して大人しく予定通り修道院に行くつもりはないの？」

「嫌だわ。なんの話か分からないわ。私から何もかも奪ったのはお姉様なのにどうして私が発言を訂正しなくてはならないの？　いつもいつも私のせいなのね……」

涙で濡れた瞳で見上げられる。いつの間にかオーラス様の心を奪った時のように、こんな時の彼女はびっくりするほど愛らしくか弱く見える。会場内のざわめきがさらに大きくなり、私を疑うような視線が増えていく。さらに言い返さなければと思った時だった。

「その通り。まさかティナの言っていた意地悪な姉が君だったとは……驚きだ」

「……それはどういう意味でしょうか？　キーオン殿下。それにティナとは……まさかセレスティナのことですか？」

割って入ってきたのは、キーオン殿下だった。彼はこの前の慌てた顔とは一転し、にこやかで胡散臭い笑みを浮かべている。

「ウィストン王国から避難してきた彼女を縁あって保護したのだ。話を聞いてみれば姉に何もかも奪われて家を追い出されたのだと言う。不憫に思い、ティナには私の付き人となってもらっていたのだがまさかその姉がウィストン王国の次期王妃候補とは！」

呆れて物が言えない。どちらが話を持ち掛けたのかは知らないが、とんだ茶番劇だ。

『白々しいねー』

『どいつもこいつも嘘つきばっかり！』

『アリスティアから何もかも奪ったのはそっちだろーー！』

「ジーフリート殿下！　今からでも遅くはない。彼女との婚約破棄を勧める！」

キーオン殿下はこれまでずっと無言のジェフに向かって声をかけた。

その言葉にジェフの眉がピクリと動く。

「貴殿の婚約者は愛し子と言うよりどうやら悪女という方が相応しい様子！　ならば、本来の愛し子となるべきだったティナの方が貴殿には相応しい」

「まぁ！　そんな、キーオン殿下……私のためにありがとうございます……でも私なんかがお姉様の代わりなんて……。無理です、務まりませんわ」

「そんなことはない！　きっと精霊だって本当は君の方がジーフリート殿下の妃に相応しいと思っているし味方をしたいとも思っているはずだ！　それに、精霊を騙すような悪女はこの国にはふさわしくないでしょう。フルスターリ王国にて捕縛させていただくのがよろしいかと」

『なんでだよ！』

『そんなわけないよね⁉』

好き勝手すぎる発言に精霊たちが突っ込む。精霊たちの様子が皆に伝わらないのが非常に残念だ。

二人の中の筋書きでは、この話を聞いたジェフが「アリスティアがそんな人だとは思わなかった」と私を見限ることを想定しているのでしょうけど……随分と甘く見られたものだ。

「……ジェフ、もうそろそろいいかしら？　精霊たちも限界みたい」

私が小声で訊ねるとジェフも静かに頷いた。

「うん。よほど凄いことを考えてるのかと思って、黙って聞いていたけど、馬鹿らしいだけで気分が悪いからもういいかな」

その言葉に頷いて、私はセレスティナに改めて向き合う。

「セレスティナ。あなたの言い分は分かったわ」

「あらお姉様！　それでは愛し子の座もジーフリート殿下の妃の座も私に返してくれるのね!?」

セレスティナが声を弾ませて目を輝かせる。私は内心呆れながら言葉を続けた。

「そうね、セレスティナ。本当にあなたが愛し子だったと言うのなら、精霊たちの嫌いな物は当然知っているでしょう？」

「……は？」

それまでは悠然と微笑んでいたセレスティナの表情が怪訝なものに変わる。

「あら？　分からない？　それはね……あなたみたいな嘘つきよ！」

私のその声と共にセレスティナの周りだけ突風が吹き上げる。

「え？　きゃっ……な、何!?」

突風は、ピンポイントでセレスティナの被っていた金髪のカツラを空高く舞い上がらせた。

当然、カツラの下から現れたのは以前、精霊たちのお仕置でチリチリにされたあの頭だ。

賓客たちの視線が一斉にセレスティナを貫く。

「っ!?　え、嘘……嘘!?　いやぁぁぁぁあ！　私を見ないでぇぇぇ!!」

空高く舞い上がった自分のカツラを見たセレスティナの悲鳴が会場中に響き渡った。

『高ーく、飛んだねぇ』

『気合い入れ過ぎちゃった☆』

随分と空高く飛んだわね、と思っていたら精霊たちはかなり気合いを入れて飛ばしたらしい。

「な、なんで？　どうしてぇぇ？」

大勢の前でチリチリ頭をさらけ出したセレスティナは未だにこの事態が飲み込めていない様子で泣きじゃくる。そんなセレスティナの頭を見て会場の招待客たちは笑いが抑えられないようで、あちこちからクスクス笑い声が漏れ聞こえていた。

「あ、アリスティアァ！　あなた、何を!?」

クスクス笑いに耐えきれなくなったセレスティナが私に向かって叫ぶ。

「アリスティアのくせに！　ふざけんじゃないわよ!!　あなたは黙って大人しく身を引いて私に全て譲っていればよかったのよ!!」

興奮して人前だと言うことが頭から抜け落ちてしまっているのか、酷い本性が剝き出しだ。

おかげで先程まで演じていた悲劇のヒロイン像は遥か彼方へと消え去っていた。

「お、おい！　ティナ。何をやってるんだ……！」

「煩いわよ、無脳王子！　この間あなたがさっさとアリスティアを手篭めにしておけば、こんなことにはならなかったのに！　なんで失敗してんのよ！」

「なっ！」

セレスティナの言葉に、ジェフがにやりと微笑んだのが見えた。望んでいた証言としては十分だろう。キーオン殿下の顔色が変わる。

「あなたやあの側近が上手くやってくれればジーフリート殿下と結婚するのは私だったのよ！　な

んのために好きでもない男を誘惑して逃げたと思ってるのよ‼」

「……好きでもない男って誰のことだい？」

「はぁぁ？　決まっているでしょう。オーラスよ、オーラス！　興味なんか欠片もなかったけどアリスティアの婚約者だったから誘惑したらコロッと私に落ちたつまんない男よ！」

「……へぇ、つまんない男」

「そうよ！　貴方と結婚したいから修道院に行きたくないの……と嘘泣きして頼んだら、後先考えずに助けてくれた馬鹿な男よ………って、ん、待って今の声……」

セレスティナが、あれ？　という顔をして固まり首を傾げる。

「今、私……誰と会話をしていたの？」

「……君の言う、つまんなくて馬鹿な男かな」

そう口にしながらセレスティナの元へと近付いて行くのは、今まさに散々コケにされていたオーラス様本人だ。

思わぬ人物の登場に目を瞠ると、ジェフがそっぽを向く。

——私の知らないところで何かやっていたのね……、と遠い目をすると、精霊たちに『ちゃんと見た方がいいよ！』と無邪気に袖を引っ張られた。

「オー……⁉　んなっ、こっ⁉」

「なんでここに？　そう言いたいのかな？」

驚き過ぎて言葉を失っているセレスティナに向かってオーラス様がニッコリ微笑みながら訊ねる。

けれどその笑顔はとても怖い。

「セレスティナ。僕は、君のために母上の伝手を辿ってフルスターリ王国まで共に逃げた。君は、私たちがこの先も一緒に生きて行く為にもキーオン殿下たちの計画の手伝いをすると言って出て行った。僕は君を信じてずっと待っていたのだけど……この仕打ちはなんなんだろう？」

「え、そ、それはー……」

「ジーフリート殿下と結婚するのは私！　ってどういう意味だろう？」

「だ、だからー……」

笑顔でジリジリとセレスティナを追い詰めて行くオーラス様と、顔色がどんどん悪くなるセレスティナ。逃亡の件はやっぱり想像通りでオーラス様が全て語ってくれた。

「ジェフ、あなたオーラス様をこっそり会場に呼んでいたのね？」

私がそう聞くと、ジェフはあっさり頷く。

「うん。逃亡の真相を知りたかったし、セレスティナのことをまだ信じているようだったから、バーネット伯爵に頼んで呼んでおいた。だから、本当はキーオン殿下には一日でも早く帰国してほしかったけど、パーティーを今日にしたんだ」

オーラス様がウィストン王国に戻ってくるまでの日にちを見越して、帰国の日とパーティーの日を決めていたということに苦笑する。徹底的に掃除する、と言う彼の言葉をようやく理解出来た。

「そういえば、ここ数日のセレスティナの身代わりは何者だったの？　見張ってた精霊たちが言うにはちゃんと髪がチリチリだったと言っていたけれど？」

「あぁ、ステファドール男爵家の元使用人だよ。何人かチリチリにされてただろう？」

そういえば何人か被害にあっていたっけ。

とにかく、非常に献身的で一生懸命セレスティナを愛してくれたオーラス様を、セレスティナはついに失望させたようだ。

「セレスティナ、もう君を庇うつもりはない。……僕は罪を償う」

「え、やだ、オーラス様……！」

「なぁ、セレスティナ。君をそんな髪にしたアリスティア嬢に怒りを覚えていたけれど、本当はアリスティア嬢に対して今みたいなことをして、精霊の怒りを買ったからなんじゃないかい？」

セレスティナがひゅっと息を呑んで、図星です、と言わんばかりの表情になる。

——さあ、そろそろ終わりにしよう。

『アリスティア～、そろそろいいかなぁ？』

『ツルチリの刑にしたいよー』

精霊たちのおねだりにどうぞの意味を込めて、私は大きく頷いた。

『いぇーーい！』

『やったぁぁ！』

『ツッルチリ～～』

『ツルツル～』

『チリチリ～～』

「えっ⁉　きゃっ！」

精霊の声に合わせてセレスティナの髪がボワッと燃え始めた。

オーラス様がギョッとし慌ててセレスティナから逃げる。巻き込まれたくないので当然だ。

「ちょっ、なんで逃げるのよっ！　それより、なんでまた⁉　やめてー、これ以上されたら私の髪の毛がなくなっちゃう‼」

『なくなっていいんだよ〜』

『いらないでしょ？』

『安心してね！　一部は残してあげるよ、セレスティナ！』

『あ、カツラ被れないようにしなくちゃね！』

「え、ここはツルッ？　いや、これではお父様みたいに……」

やがてツルツルになった部分が出来たことに気付いたのか、セレスティナが思わずここにはいないお父様を思い出し嘆く。その間も精霊たちはせっせとツルチリ行為に励み、それを感じとったセレスティナはまた叫ぶ。

「きゃあぁぁ、いや、何これ、前より酷いわぁぁぁ」

そんなツルチリの刑に処されてるセレスティナを見て、会場内に声が広がっていく。

「精霊の怒りだ」

「偽者なのに愛し子だと騙（かた）ったから？」

「いや、彼女が本物の愛し子を陥れようとしたからに違いない！」

一瞬私に疑いの目を向けた人たちが震え上がる。

……そんな、怖いものを見るような目で見なくても。

大丈夫ですよ、と伝えるような気持ちで首を振っていると、キーオン殿下が静かになっていることに気がついた。見れば当のキーオン殿下は青白い顔のまま呆然としている。

まさかセレスティナがここまで頭が悪く、全てを暴露するとは思っていなかったのだろう。お気の毒だけれど、彼女という泥舟を選んだ彼が悪い。

そんな彼にも無邪気な精霊たちの魔の手が迫っていた。

『さぁて、そろそろこっちの番だね～！』

『チリチリにしながらも、ボワンボワンにしちゃおう！』

『ひゃっほ～～』

そんな声とともに、ボワッとキーオン殿下の髪が燃えだした。

「なっ⁉　や、やめるんだ！」

キーオン殿下は大きく悲鳴をあげたけれど、もちろん精霊たちは止まらない。

『やーだよー』

『アリスティアの幸せを奪おうとするからだよ～』

『チリッチリのボワンボワンの刑だぁ』

「くっ！　ジーフリート殿下！　私にこんなことをしてただで済むと思っているのか⁉」

ジェフを睨みながら涙目で叫ぶキーオン殿下。その間もキーオン殿下のチリチリになった髪はどんどん増殖していき、気付くと随分とモッサリしていて、まるで何かの生き物みたいに怖かった。

「とてもお似合いですね、キーオン殿下」

ジェフがキーオン殿下に向かって笑顔で話しかける。

「だから！　なんなんだこれは！　これが精霊の仕業か⁉　今すぐ止めさせろ！」

再びジェフに向かって怒鳴るけれど、ボワボワしながら視界を侵食してくる髪の毛のせいでまったく前が見えていないのか、キーオン殿下は見当違いの方向を向きながら怒鳴り始める。誰もいない所に向かって叫ぶその姿は間抜けそのものだ。

「……それは無理ですね」

ジェフが笑いを堪えながらそう答える。

「何故だ‼」

「僕には精霊が見えていませんから。それに精霊たちはアリスティアを傷付けようとする人間を決して許さない。残念ながら、あなたもセレスティナ嬢も許される範囲を超えてしまいました。これはその結果です」

ジェフはそう言うとチラッとセレスティナを見る。

セレスティナの髪は見事にボコボコになっており、まさにツルチリと言わんばかりの髪型が出来上がっていた。ここまで散々喚いていたセレスティナだったけれど、さすがにこの状況には呆然としているように見える。

このまま大人しくなってくれればいいけど、セレスティナのことなので、我に返ったら元に戻せと怒鳴ってくるだろう。

　一方のチリチリボワンボワンとなっていくキーオン殿下は怒鳴り続けていた。

「私を誰だと思っている⁉　フルスターリ王国の王子だぞ！　こんなことをしたら国が……」

「フルスターリ王国の王太子殿下はとても優秀な方だそうですね」

「……は？」

　ジェフの突然の話の切り替えにキーオン殿下は困惑したのか動きが止まる。

「キーオン殿下、色々と調べさせてもらいました」

「何っ⁉」

「優秀と言われている兄の王太子殿下と比べてあなたの評判は……とにかくすこぶる悪いようで。このままではあなたは王になんて絶対になれない」

「なっ！」

　ボワボワの髪のせいでキーオン殿下の表情はまったく分からなくなってしまっているけれど、悔しそうにしているのは伝わってくる。ジェフは淡々と言葉を続けた。

「あなたはずっと王になりたいという野望を秘めていた。だからあなたとグリーグはアリスティアが……精霊の愛し子が欲しかったんだ。国を繁栄させる力を持った愛し子を花嫁に迎えることが出来れば、優秀な兄王子を蹴落とせるかもしれないと考えたのでしょう？」

「……くっ！」

「それでもあなたはフルスターリ王国にこれらの顛末を伝えられますか？」

キーオン殿下は肩を震わせた。

「その通りだ！　グリーグはウィストン王国の愛し子が王家に与えられなかったと知って、すぐに調べ上げた。そして幸運にも我々は、王家よりも早く愛し子を見つけたのだ！」

やはり、という内容に私は唇を噛む。キーオン殿下はそんな私を睨みつけて言った。

「グリーグに占い師のフリをさせて馬鹿な夫婦に愛し子が孤独になるよう刷り込ませ、愛し子が絶望したところへ私が助け舟を出してやろうとしていたのに……」

そこで一度言葉を切ると、キーオン殿下はジェフを睨みつけた。

「お前が突然横から現れて愛し子をかっさらった！　愛し子が婚約したと聞いた時もそこの馬鹿な妹が婚約者を誘惑してくれたから天は私の味方だと思っていたのに!!」

もはや精霊たちのせいで彼の表情はうかがい知れない。それでも彼が、見たこともない酷い表情をしていることが容易に想像出来た。

「そもそもだ。ジーフリート殿下、そなただって愛し子だから彼女を欲したのだろう!?」

「一緒にするな！　僕はティアが愛し子だから愛してるわけじゃない！　愛し子だと知らずに出会って僕は彼女に恋をしたんだ！」

「ははは、そんなこと、口ではなんとでも言える……！」

『もー、諦め悪いなぁ』

『しつこい男は嫌われるんだよ～』

『しかも、ぎゃぁぎゃぁ、うるさいよね』

ようだ。

精霊たちが何だか新しいことを言い出したと思ったら、キーオン殿下が突然モガモガ言い出した。鼻息を荒くしながらキーオン殿下が必死に口を開こうとしているけれど、どうやら口が開かない

『口を縫い付けちゃえ！』

「ふんがっ⁉　○×△□～⁉」

ま、まさか本当に口が縫われてしまったわけではないだろうけど……

恐々（こわごわ）キーオン殿下を見るけれど、血が出ているわけではなくて少しだけほっとする。精霊たちを見上げると、ティーヤを始めとした精霊たちが誇らしげに胸を張っていた。

『アリスティア～、黙らせてみたよ～』

『ついでにジェフの希望の目潰しもしておく？』

「……えっと。ちなみにまさかずっとこのままなの？」

私が恐る恐る精霊たちに訊ねると、きょとんとした顔で首を振った。

『そんなことはないけど～』

『ずっとがいい？』

『永久に黙らせちゃう？』

「永久⁉　と、とりあえず、もうしばらくは黙らせておいてくれる？　……目潰しはなしで」

『分かったー』

鼻息荒く今もフガフガしながらこっちを見て……いや睨んでいるキーオン殿下からの圧を感じな

がら私はそうお願いした。だって今、解除したら凄くうるさそうなんだもの。

「ねぇ、ティア？　キーオン殿下はあれ……何してるの？」

ジェフのその問いかけで、事情が分からなければキーオン殿下のあのフガフガは奇怪な行動にしか見えないのだと気付く。

「頭でも打った……？」

怪訝そうな顔をするジェフに向かって私は微笑む。

「あんまりにも煩いから少しの間、精霊たちが無理やり口を閉じさせちゃったみたいなの」

「あぁ……って、精霊たちの力って凄いな」

「永久に黙らせることも出来るみたいだけど、さすがに……」

「フガフガ」

「平和のためにはその方がいい気もする……あぁ、フルスターリ王国の意向を聞いてみようか」

「フガフガ！」

「そうね。そうしたほうがいいかもしれない」

「フガフガ‼」

そんな会話をする私たちに向かって、キーオン殿下は怒りに満ちた表情でフガフガと何かを訴えているけれど、何を言いたいのかはまったく不明だ。

なので私たちはとことん無視をすることに決めた。

「ティア」

「どうしたの？」

ジェフが突然私の名前を呼んで苦しくなるくらいの力でギュッと抱きしめてくる。

「ティアを感じてる」

「もう！　何それ？」

その言い方が可笑しくて私が笑っていると、ジェフは真面目な顔をして言う。

「愛し子でなくてもいい。そのままのアリスティアでずっとこれからも僕の側にいてくれる？」

「……ええ、もちろんよ！」

私も微笑んでギュッとジェフを抱きしめ返す。

そんな大勢の前でラブシーンを繰り広げる私たちと、モガモガ、フガフガと鼻息荒くしながらずっと何かを訴えるチリボワ頭のキーオン殿下。そして未だに呆然とし続けるツルチリのボコボコ頭になったセレスティナ。

この光景は、この日の招待客にかなりの衝撃を与えることになった。

「え？　セレスティナをキーオン殿下に押し付ける!?」

そしてパーティーの翌日、グリーグを除いた、キーオン殿下御一行がようやく帰国する日。

朝の支度を終えた私の元を訪ねて来たジェフがそんなことを言った。

「うん、ほらキーオン殿下、自分で言ってただろう？　セレスティナ嬢を保護したって」

「言ってたわね」

「だから、もう、それをそのまま貫いてもらおうと思ってさ。保護したなら最後まで責任を取るべきだと思うんだ」

ジェフからはとにかく厄介祓いをしたいという気持ちが伝わって来る。

セレスティナのことだから、最初に行くはずだった修道院にもう一度送りこんだとしても、素直に行くかも分からないし、酷いとまた逃げ出すかもしれない。

「キーオン殿下とセレスティナは納得してるの？」

「殿下は黙らせた。ていうか今も喋れないけどね」

キーオン殿下のお仕置は未だに解けていない。王国の意向も聞いて国を出てから解除をお願いしようかと思っている。

「セレスティナ嬢は、妃待遇だと思ったのか目を輝かせていたから驚いたよ。そんなはずないのにね。つくづくすごい思考の持ち主だと思う」

セレスティナは既に平民扱いとなっているので、実質国外追放になる。

けれど、このまま国に帰った所で王族のままでいられるかも怪しいキーオン殿下と共に居ても妃待遇どころか大変なことになるだけなのに目を輝かせるとは……相変わらず考えが足りないようだ。

「大人しく修道院に行くのが一番まともに生きていける道だと思うのに」

「まぁね」

私の呟きにジェフは同意したものの、彼はセレスティナにこの先まともな道を歩かせるつもりなどまったくないようだ。目が笑っていない。

ちなみにセレスティナへのお仕置はカツラを被られると罰にならないと知った精霊たちが、カツラを被ろうとすると常にカツラが飛んで行くというとんでもない仕掛けを施していた。

風の力の応用らしいけれどセレスティナはまだそのことを知らない。知らないからこそ夢を見られているのかもしれない。

あとはフルスターリ王国次第。ジェフも陛下も出来る限りの抗議をしてくれているので甘い処罰で終わることはないだろう。まさに地獄が待ちうけているといっても過言ではない。

そして、彼らの出発の時間の少し前。

「嫌ぁぁぁー、嘘でしょう⁉　なんで被ろうとしてもカツラが飛んで行っちゃうのよぉぉぉ」という、セレスティナの悲鳴が私の部屋まで聞こえてきた。

精霊たちの風の力はちゃんと仕事をしてくれていたようだ。

ちなみに、見送りをしたジェフ曰く、どんなに頑張ってもカツラを被ることが出来なかったセレスティナは、見るからに落ち込んだ様子でツルチリのまま人前に出て、笑われながら馬車に乗り込んでいったそうだ。頭に残ったチリチリ部分の髪の毛がとにかく哀愁を誘っていたとか。

――こうして波乱に満ちた騒動が終わり、ようやく私たちも一息つくことが出来た。

ある日、突然ジェフが私に言った。

「ステファドール男爵領に行きたい？」

「そう。ティアと一緒に行きたいんだ。駄目かな？」

ジェフは何故か必死に頼み込んでくる。

「駄目ではないけれど……」

「じゃ、決まりだね！」

「えぇ!?」

そういうわけで、よく分からないジェフの押しの強さにより私は、久しぶりにステファドール男爵領に行くことが決定した。

馬車に揺られ、約十八年間ずっと過ごしていた土地へと久しぶりに足を踏み入れる。

変な気分だった。この地から離れてまだ一ヶ月と少しなのにすでに懐かしい感じがする。ふと、あの離れでひっそり生きていた自分を思い出す。

懐かしく思ってしまうのは、それだけジェフの傍で王宮で過ごす生活に慣れてきた、という事なのかもしれない。

『何か久しぶり～』

『すでに懐かしいねぇ』

「ふふっ」

精霊たちも私と同じ気持ちだったみたいなので笑ってしまう。

「ティア？　何かあった？」

「ううん、なんでもないわ。それより、ジェフはなんでステファドール男爵領に来たかったの？」

「すぐ分かるよ」

ジェフは意味深な言葉だけ口にしてその続きは教えてくれなかった。

そして、馬車が向かっている場所が見えてくるにつれて私は、ようやく彼の意図を理解した。

「ジェフ……あなた！」

「うん。だって、ティアがこのまま僕と結婚したら、もう気軽にはここに来られない。だから、挨拶も出来ないままになってしまう所だったと思ってさ」

私は声が出ない。

「結婚前の今ならまだ、行けると思ったんだ」

ジェフが優しく微笑む。私のことばかり考えてくれるその言葉に泣きそうになった。

「大事にしたかったんだ。苦しんで生きて来たティアが自分で作った居場所だからさ」

「ジェフ……」

ジェフが連れて来てくれた場所は、私が刺繍したハンカチをこっそり卸していたミランダさんのお店だった。王都に行く時にたくさん納品させてもらったけれど、残念ながら次はいつになるか分からず、もしかしたらこれが最後かもという話だけはしていた。

だからここに来ることはもう出来ないと覚悟していたのに。

「こんにちは」

そう声をかけながらお店のドアを開けて中に入った。

「いらっしゃいませーって、ティアちゃん!?」

入口に視線を寄越したミランダさんが私の姿と、私の後ろに立つジェフを見て驚きの声を上げる。

「帰って来ていたの？　それより後ろの方は……」

「……お騒がせして申し訳ございません。私の本当の名前はアリスティア・ステファドールです」

「ステファドール……!?」

この領地と同じ名前に、ミランダさんが目を瞠(みは)る。お父様が爵位を剥奪され、この土地が王家に属するようになったことは伝えられているはずだ。領主が突然居なくなって領民の人たちはさぞかし困惑し不安したに違いない。上に立つ者としての責任というものをひしひしと感じる。

「父が、本当に迷惑をおかけしました」

私が頭を下げるとミランダさんは慌てたように言う。

「ティアちゃんが頭を下げることじゃないよ！　それより、今までどうしてたのか、よかったら教えてくれないかい？」

「ですけど……」

するとミランダさんは優しく微笑み、私の頭を撫でる。

「ずっと心配してたんだ。あんたは……娘のようなものだったから」

その言葉に胸が熱くなる。実の母も父も私のことを最後まで見てはくれなかったけれど、そうやって言ってくれる人がいる。ジェフも私を促すように、そっと背中を撫でてくれた。

「少し、長くなりますけど」

そう言って、今までの話をするとミランダさんは笑顔で聞いてくれた。

「――そりゃあ波乱万丈だったね……それに、ハンカチの力は精霊様の力だったんだねぇ……」

ミランダさんはしみじみと言うと、ぎゅっと私の手を両手で握った。

「ティアちゃん。改めて言わせておくれ。貴重な力をこの店のために使ってくれてありがとう。ティアちゃんのおかげで幸せになった人は沢山いるよ」

「ミランダさん……」

「ティアちゃんの優しさと精霊様の力で皆を幸せにしてくれたんだね」

「いえ、違うんです……！」

ミランダさんのその言葉に私は目を伏せて、精霊たちについて話した。

自業自得と言っても、お父様やお母様がツルツルやチリチリになったことは決して幸せではないし、特にセレスティナや国を思って動いたはずのグリーグを思うと、むしろえげつない……

精霊たちと人間の感覚は違う。本当は精霊たちを止めるべきだったんじゃないか、という気持ちが今更になってこみ上げてくる。

私の懺悔(ざんげ)の言葉を、ミランダさんは驚いたような表情で聞いて、それから優しく微笑んでくれた。

「でもティアちゃんは、精霊の力を使って周りの人を皆不幸にしようとなんてしなかっただろう？」

「そんなことはしません！　でも……」

「自分の不幸は誰かのせいだと思ったら、そんな八つ当たりに出ることだってある。でもティアちゃんはそんな境遇でも見ず知らずの人間に幸せになってほしいと願うことが出来た。その優しさがあの刺繍には沢山込められていたんだと思うよ」

その優しい言葉に視界が歪んだ。

「……最初は私が刺繍したハンカチを喜んでもらえたことがただ嬉しくて……その後は……幸せが訪れると聞いてからは……使ってくれる人が少しでも幸せになってくれれば嬉しい、そう思って刺繍をしていました」

私のその言葉にミランダさんはとても嬉しそうに笑う。

そして優しく私を抱きしめてくれた。その温かい温もりに涙が溢れそうになる。

「ティアちゃんのその優しさが私は大好きだよ。きっといい王太子妃……ゆくゆくは王妃様になられるんだろうねぇ」

これから、ジェフの隣に立って生きて行く私。ずっとあの人たちから理不尽な理由で虐(しいた)げられ、ひっそり生きていたけれど、これからは人の上に立って生きて行くことが求められる。

「ミランダさん……私はもう、幸せを込めた刺繍のハンカチを卸すことは出来ませんが、私はこれからはジーフリート様と共に、あのハンカチを手にした人だけじゃなく、この国で暮らす人々がいつでも幸せでいられるように努力します」

「うん。お願いね、ティアちゃん。楽しみにしてるよ」

ミランダさんが笑顔で言ったその言葉を聞いて、私はこの笑顔を守るためにも頑張ろう、そう強く思った。

「ジェフ……ありがとう」

「うん、何が？」

ミランダさんのお店を出て、私たちは手を繋いで街を歩いている。

ジェフがもう一ヶ所行きたい場所があると言ったからだ。

「男爵領に連れて来てくれて。それと、ミランダさんに会わせてくれて挨拶だけなら手紙でだってきっと出来た。でも、顔を見て話すのはやっぱり全然違う。ここに来れて……連れて来てくれてありがとう。心からそう思っている。

そう言うと、ジェフはにっこりと微笑んだ。

「ステファドール男爵領がティアにとって嫌な記憶だけにならないといいな、と思っただけだよ」

「確かに辛くて、悲しい思いはたくさんした場所だけど、それだけではなかったもの。それに……」

「それに？」

私はひと呼吸おいてから笑顔で言う。

「ジェフ、ここはあなたと出会えた場所だから、愛おしい気持ちは変わらないわ」

「ティア！」

ジェフがとても嬉しそうに笑ってくれて、とても嬉しい。

『アリスティア、とってもいい笑顔～』

『ここでこんないい笑顔で笑えるようになって本当によかったねぇ』

『ジェフにありがとうだね～』

『うーん、伝わらないのが残念だぁ』

精霊たちの言葉の意味はとても重い。ずっと私を見て助けて来てくれた彼らだからこその言葉。

だから精霊たちのその言葉も涙が出るくらい嬉しかった。

そして思う。ジェフにも精霊たちの言葉が伝わればいいのに……と。

ジェフの行きたい場所というのは、前にも一緒に行ったあの小高い丘の上だった。

あの時、共に歩いた道を再び登っていく。

「ふふ、やっぱりここだった」

「あ、分かった？」

「えぇ、そうかなと思ったわ」

「そう？」

そんな風に笑い合いながら頂上へと辿り着くとそこに広がるのは前と同じ景色。

治める人間が変わっても景色は変わらず綺麗なままだ。

「あの時は『友達』だったわね」

「うん。でも僕はあの時にはもうティアのことが大好きだったから、どうにか繋がりが欲しくて必死だったんだ」

ジェフが、ほんのり顔を赤くしながら私の肩を抱き寄せたのでドキッとした。きっと私の顔も赤い。

「友達はこうするんだよ、って言って手を繋いだのも？」

「……ティアのことが好きだったから」

「私は……とにかくドキドキさせられたわ」

友達の距離感が分からなくて頭を悩ませたのも今となっては懐かしい。

ちょっと騙されていた気がしなくもないけれど。

「友達、恋人、婚約者……そして夫婦と私達の関係は形を変えていっても、ジェフを笑顔にさせてあげられるのはいつだって私でありたいわ」

「もちろんティアだよ。ティアだけがいつも僕を笑顔にさせてくれる」

「ふふ」

私たちは見つめ合って笑い合う。もう笑顔を無理に作る必要はない。空を見上げるとたくさんの精霊たちが私とジェフを見守っていた。

「……ティア、アリスティア。君を愛してるよ」

「ジェ……ジーフリート様……私もです」

「ティア……」

ジェフの顔がそっと近付いてきたので、私は目を瞑る。

程なくして、温かくて幸せな温もりが唇へと降って来た。

大好きな人とするキスは本当に幸せで蕩けてしまいそうになる。

王都に戻れば、王妃教育の続きや結婚式の準備と、また忙しさに追われる日々が始まる。

グリーグへの尋問結果やフルスターリ王国に戻った人たちの末路もそろそろ報せが来るだろう。

でも今はまだ、この幸せを感じていたい。そんな気持ちで目の前の幸せに全力で浸ることにした。

エピローグ

「きゃっ！　もう、ジェフ！」

「うん、ティアは今日も可愛いね」

「そういうことじゃないわ!!」

あはは、と笑いながら、ベッドに私を押し倒して、ジェフがあちこちにキスをしてくる。

騒動が落ち着き、共に男爵領に行って帰ってきた後くらいから、前よりも積極的に迫られるようになった気がする。

「もう、毎晩毎晩、どうしてそんなに積極的なの!?」

「ティアが可愛いから。結婚式まで待てない」

「っ！　いえ、待ちましょ、待ちましょうね!?」

ちょっと拗ねた顔が可愛く見えて一瞬、絆（ほだ）されそうになってしまう。

なんて恐ろしいの……！

「なんてね、今夜は少し真面目な話だよ」

「え？」

そう言ってジェフが私を起こして座らせると、今度は後ろから抱きしめられる。温もりが直に伝わってきてこれはこれで心臓が飛び出しそう。そんな内心大爆発の私の気も知らずにジェフは言う。

「フルスターリ王国から連絡が来た」

「な、なんて？」

「キーオン殿下は王位継承権剥奪。王族としての地位も奪われることになったらしい」

陛下やジェフから話を聞き、そして、フルスターリ王国に関して勉強したのでその結論に達するだろうとは薄々思っていた。

「キーオン殿下――元殿下は一応、男爵領を賜ったみたいだけどあの風貌なんでね……表には出ない名ばかりの領主になりそうだってさ」

しゃべれなくなるお仕置については、王国から依頼があったので解いてある。事情を聴き出すために筆談しようとしたが、キーオン殿下が悪筆すぎて解読が非常に大変だったからだそうだ。

そんな理由で？　と思わなくもなかったけれど切実な問題らしい。

「セレスティナはキーオン元殿下について行ったのかしら？」

「みたいだね。そこで使用人として過ごすみたいだけど……」

「あー……」

彼女はキーオン殿下が王族としての地位を剥奪されたあとも、男爵夫人になれるのね！　と勝手に期待して、ついていったそうだ。そこで使用人として扱われてショックを受けているに違いない。

「それと、グリーグがキーオン元殿下の自白を聞いて、少しずつ自供を始めた」

彼は固く口を閉ざしたままだと聞いていたので意外だった。

「だいたい思った通りだったよ」

薄毛に悩むようなこの人たちなら、偽りの占いの結果を伝えれば、私を忌み嫌うに違いないと踏んだらしい。そうして誰からも愛されずに傷付いて成長した私に、キーオン殿下が手を差し伸べて惚れさせる予定だったとか……

「あ、グリーグと言えば……」

言い淀んだジェフに聞くと、グリーグの頭は相変わらずてっぺんだけがツルツルなのだけど、最近そこの部分にある変化が起きているそうだ。

まさかと思って視線を上げると、ティーヤがしーっと指を立てている。

「……精霊たちのせいみたいね」

「やっぱりか……」

ジェフも予想はついていたようで、呆れた表情で頬を掻いている。精霊たちによると、『アリスティアをずっと狙っていたお返し』だそうだ。そんなグリーグは自供を終えた後もフルスターリ王国には戻さず、この国で罪を償わせる予定だそうだ。

セレスティナに騙され逃亡に手を貸したオーラス様も廃嫡されることに決まった。

こうしてようやくそれぞれの処罰がほぼ決定し、この一連の騒動は本当の終わりを迎えたのだ。

そして数年が経ち――

「ティア！　僕の天使!!」

「どうぞ」という声をかけると、凄い勢いでドアが開いて思った通りジェフが飛び込んで来る。

相変わらずジェフは私を天使と呼ぶのが大好きで、それは今日という日を迎えても変わらない。

すっかりこんなやりとりに慣れた侍女も苦笑いしながらジェフに言った。

「大変お待ちしておりました殿下、イチャつくなら今だけです！　この後はアリスティア様に最っ高のお化粧をしますからイチャイチャは出来ません！」

「分かった！　ならば五分だけ時間をもらおう！　その間にたっぷり可愛い天使のティアを愛でることにする！」

侍女の言葉にジェフは大真面目な顔をして答える。侍女はいつもの会話に美しい礼をして答えた。

「承知致しました、程々でお願いします。それでは五分後に」

そう言って、侍女たちが次々と部屋を出ていく。扉が閉まると真っ先にキスが飛んできて、私は呆れた表情を彼に向けた。

「……ジェフ。あなたって人は……」

「しょうがないだろう？　僕が一番にティアを見たかったんだ」

「その気持ちは分かるけども…………って、きゃっ！」

ジェフの中では私のこんな小言なんて関係ないようで、有無を言わさず抱きしめられた。

「ティア、とてもとても可愛くて綺麗だ。僕の天使……僕の花嫁……」

『だっよねー☆』

『アリスティアは最っ高に可愛いよー』

ジェフの言葉に精霊たちまで、えいやっと言わんばかりに乗っかって来る。

「皆、大袈裟よ？」

「皆……？　あぁ、精霊たちも僕と同じことを言っているのか。さすがだ」

「ジェフも何を納得しているの……」

「いやいや、だって今日は僕たちの結婚式なんだから」

――――そう。今日はジェフと私の結婚式。

出会って別れて再会して……その後のなんとも言えない騒動を経て、ようやく今日を迎えたのだ。

今日はジェフと一緒に選んだたっぷりのレースのウェディングドレスを纏っている。アクセサリーにはあのネックレスと指輪を付けて、ティアラにもジェフの色をふんだんに使ってもらった。

私を見て、ジェフが眩しそうな表情になる。

「思った通り、ウェディングドレス姿がとてもとても綺麗だ。皆に見せるの嫌だなぁ……」

「ふふ、ありがとう」

「……嬉しすぎて泣きそう」

「だから、大袈裟」

そんないつものじゃれあうようなやりとりを交わした後、ジェフの私を抱きしめる力が強くなる。

「ティア、今日から僕が君の家族だ」

「……家族」

その言葉が重く心に響いた。ミランダさんがああ言ってくれたけれど、今まで私にとっての家族はあの人たちだけだったから、ジェフと共に新しい家族を作るのだとこの言葉で実感する。

「これから先もずっと一緒だ、アリスティア」

そう言いながらジェフがまだお化粧前の私の顔にたくさんのキスを落とす。

「ジェフ……、ジーフリート様」

そのままクイッと顎をすくわれ唇にもチュッとキスが降って来る。

「これから皆の前でも愛を誓うけど、まずはアリスティア。君に誓うよ」

『家族だってぇー』

『僕たちも入れてね～』

そんな精霊たちの声を背に、ジェフは侍女たちが戻って来るまでの五分間、本当に私を堪能した。

――そして少し王都から離れたところにある教会で愛を誓い合って、夫婦となる契りを交わした私たちは国民の前でのお披露目へと向かう。

「ティア、緊張してる？」

「き、貴族のパーティーだってガチガチに緊張する私よ？　し、しないはずがないわ」

「大丈夫！　ティアはどこの誰よりも綺麗で可愛いから」

そういう心配をしているわけではないのにあまりのジェフらしさに思わず笑みがこぼれる。

「そうそう。その笑顔だよ。僕の大好きなティアの笑顔！」

「ジェフ……」

「行こう、僕の天使（ティア）。僕が選んだ君を皆に見てもらって、たくさん自慢するんだ」

さっきは見せるの嫌だなぁ……なんて言っていたのに。

今度は自慢するんだ、なんて……まったくこの人は！

そんなことを思いながら私はジェフの手を取って馬車から降りる。

大きな歓声のもと私は初めて国民の前で手を振る。

皆が祝福してくれていることが伝わってきて、とても嬉しい。

「凄いね。皆、ティアに見惚れてるよ」

「もう！」

「本気なんだけどなぁ……」

ジェフとそんな風にじゃれ合っていたら、精霊たちの声が聞こえた。

『アリスティア、おめでとう！』

『結婚、おめでとう！』

『幸せになってね？』

『結婚しても僕らも変わらずいるけどねー』

その声を感じ取ったのか、ジェフがふと顔を上げた。

「ティア、精霊たちも喜んでくれている？」

「えぇ、おめでとうって言ってくれてるわ」

「そっか。それは嬉しいね、ありがとう」

ジェフが微笑む。私も精霊たちに向けて手を振ると、精霊たちはますます嬉しそうな表情になった。

『アリスティアがとっても嬉しそうで幸せそうだぁ！』

『おめでたいから特別サービスだよ～』

……ん？　サービス？

私が首を傾げると同時に、いつかも見たキラキラの光が私たちに降り注ぐ。

だけど、その光はあの時以上の輝きだった。

『僕たちからの祝福だよぉ～』

『これからも二人が幸せいっぱいでありますよーに』

それと同時に、広場から歓声が上がるのが聞こえた。ジェフも呆然として空を見上げている。

この光は皆にも見えているの？　驚いて見回すと本当にそうみたいだ。本日誕生した王太子夫妻は、精霊にとても愛されている――そんな声があちらこちらから聞こえて来る。

「とても綺麗……」

私が光に見蕩れて、思わずそう呟くと同じように見蕩れていたジェフも感慨深そうに言った。

「うん、凄いな。これが精霊の祝福か……」

「ですって」

『でももし、アリスティアを泣かせたらチリチリかツルツルの刑だぞ～』

『覚悟しろ～！』

精霊たちの中でもちょっと過激なティーヤが照れ隠しのように物騒なことを言っているけれど、表情は温かく柔らかい。

あまりに美しい光景に私が感動して涙ぐんでいると、ジェフが宙を凝視したまま固まっていた。

「ジェフ？」

「……ねぇ、ティア。僕は、アリスティアを泣かせたらチリチリかツルツルの刑になる？」

「え？　そうね、精霊たちはそう言ったけど……」

どうして、この感動の場面でチリチリとツルツルの話になるのかしら？　と思ったら何故かジェフの瞳が大きく揺れた。

『ツルチリ両方でもいーよ！』

『ボワンボワンがお好みならそっちでも！』

「いや～……ツルチリもボワンボワンも嫌だなぁ……」

ジェフが顔を俯けながら小さな声でそう呟く。

あれ？

どこか違和感を覚えながら、ジェフの顔を覗き込むと彼は泣きそうな顔になっていた。

「ジェフ⁉」

「どうしよう、アリスティア……」

ジェフがそっと私を抱きしめる。その身体は少しだけ震えていた。

「……聞こえるんだ、さっきから……」

「聞こえる……」

「それに、見えるんだよ。彼らは案外、可愛い姿をしてるんだね……」

「見える、可愛い……」

――まさか！　ジェフに精霊たちが見えているの？

そんな思いでジェフを見ると静かに頷いた。

「……どうしてかなぁ？　まさか、こんな日が来るなんて思わなかっ……」

ジェフがそこで言葉を詰まらせる。私はジェフを優しく抱きしめて笑顔で言った。

「そんなの当然よ！　だってジェフ……ううん、ジーフリート様は私の大好きな人なんだから！」

「……アリスティア」

『そーだよー、ジーフリート！』

『アリスティアが好きなものは僕たちも大好きなんだよ～』

『アリスティアを大事にしてね？　ジーフリート』

精霊たちのその言葉にジェフはハッと顔を上げる。

「僕の名前……」

精霊たちがジェフをジーフリートと呼ぶのを初めて聞いたかもしれない。ジェフはぎゅっと私を抱きしめながら少し鼻声で「大事にすると約束する！」と、力強く答えてくれた。

こんなやり取りまでは当然知らない国民は、精霊たちの祝福の光が降り注ぐ中、互いに見つめ合っては抱き合うくらい仲睦まじい王太子夫妻だと大いに喜んでいる。

「アリスティア！」

「なぁに？」

身体を離したジェフが私に呼びかける。

「――――愛してるよ」

「え？」

それだけ言って、ジェフはそっと私の唇にキスを落とす。

この光景には国民からは更なる大歓声が巻き起こる。

『僕たちもーー!!』

そう言って精霊たちが私たちを囲む。

ちょっと恥ずかしくて苦しいけれど、それはとてもとても幸せな時間。

そして、私は思う。

こんなに愛されて幸せだと思える日が来るなんて思わなかった、と。

こうして、これまでひっそり生きていた私は、
今日も明日も明後日も……ずーーっと王子と精霊に愛されています！

新＊感＊覚ファンタジー！

レジーナブックス
Regina

ヒロインなんてお断りっ!?

うそっ、侯爵令嬢を押し退けて王子の婚約者（仮）になった女に転生？

〜しかも今日から王妃教育ですって？〜

天冨（あまとみ）　七緒（なお）

イラスト：七月タミカ

気が付くと、完璧な侯爵令嬢から王太子の婚約者の座を奪いとった子爵令嬢になっていた私！　子爵令嬢としての記憶はあるものの、彼女の行動は全く理解できない。だって、人の恋人を誘惑する女も誘惑される男も私は大嫌い!!　それは周囲の人間も同じで、みんな私にも王太子にも冷たい。どうにか、王太子の評判を上げ、侯爵令嬢との仲を元に戻し、穏便に退場しようとしたけれど——!?

詳しくは公式サイトにてご確認ください。

https://www.regina-books.com/

携帯サイトはこちらから！ 

Regina COMICS

最後にひとつだけお願いしてもよろしいでしょうか

原作 鳳ナナ
漫画 ほおのきソラ
1～7

シリーズ累計95万部(電子含む)

大好評発売中!

アルファポリスWebサイトにて
好評連載中!

舞踏会の最中に、第二王子カイルから、いきなり婚約破棄を告げられたスカーレット。さらには、あらぬ罪を着せられて"悪役令嬢"呼ばわりされ、大勢の貴族達から糾弾される羽目に。今までずっと我慢してきたけれど、おバカなカイルに付き合うのは、もう限界! アタマに来たスカーレットは、あるお願いを口にする。——『最後に、貴方達をブッ飛ばしてもよろしいですか?』

武闘派悪役令嬢が、勘違いヒロインの野望を拳で打ち砕く!!?

アルファポリス 漫画 検索

B6判/各定価:748円(10%税込)

この作品に対する皆様のご意見・ご感想をお待ちしております。
おハガキ・お手紙は以下の宛先にお送りください。

【宛先】
〒 150-6008 東京都渋谷区恵比寿 4-20-3 恵比寿ガーデンプレイスタワー 8F
(株) アルファポリス　書籍感想係

ご感想はこちらから

メールフォームでのご意見・ご感想は右のＱＲコードから、
あるいは以下のワードで検索をかけてください。

アルファポリス　書籍の感想 

本書は、「アルファポリス」(https://www.alphapolis.co.jp/)に掲載されていたものを、
改題、改稿、加筆のうえ、書籍化したものです。

殿下、お探しの精霊の愛し子はそこの妹ではありません！
～ひっそり生きてきましたが、今日も王子と精霊に溺愛されています！～

Rohdea(ろーであ)

2023年 4月 5日初版発行

編集－古屋日菜子・森 順子
編集長－倉持真理
発行者－梶本雄介
発行所－株式会社アルファポリス
〒150-6008 東京都渋谷区恵比寿4-20-3 恵比寿ガーデンプレイスタワー8F
TEL 03-6277-1601(営業) 03-6277-1602(編集)
URL https://www.alphapolis.co.jp/
発売元－株式会社星雲社(共同出版社・流通責任出版社)
〒112-0005 東京都文京区水道1-3-30
TEL 03-3868-3275
装丁・本文イラスト－しんいし智歩
装丁デザイン－AFTERGLOW
(レーベルフォーマットデザイン—ansyyqdesign)
印刷－中央精版印刷株式会社

価格はカバーに表示されてあります。
落丁乱丁の場合はアルファポリスまでご連絡ください。
送料は小社負担でお取り替えします。

ISBN978-4-434-31783-5 C0093